1920년대
미국으로 빠져드는
네 가지 키워드

여성의 재발견

여자도 남자처럼 공장에서 일하게 된 시대

1차 세계대전이 터지자, 전쟁터에 나간 남자들을 대신해 여자들이 공장에서 일하게 되었어. 전쟁이 끝난 후에도 여성들은 계속 사회에서 일했고, 그에 따라 여성 인권이 신장되면서 자유분방한 복장과 말투, 행동거지를 보이는 미국의 신여성들이 나타나게 되었단다. 1920년에는 여성도 투표할 수 있게 되었지.

재즈 클럽

할리우드, 재즈와 찰스턴이 태어난 시대

1차 세계대전 이후, 흑인 영가와 블루스, 백인들의 유럽 클래식을 한데 섞은 독특한 음악 형식이 탄생했어. 그것이 바로 미국 근대를 휩쓴 최고의 인기 음악인 재즈야.

같은 시기에 찰스턴 춤도 유행했어. 격렬하고 자유분방한 동작이 특징인 찰스턴은 금주법 시대에 미국에서 대유행하기 시작했고, 1927년경에는 세계적으로 퍼졌단다.

금주법

술을 마시는 것이 금지되었던 시대

20세기 초반, 술로 인한 각종 범죄와 가정 폭력이 증가하자 각 지역에서 금주 운동이 거세게 일어났단다.
그리하여 1917년에는 미국의 모든 주 중 3분의 2가 금주법을 시행하게 되었어. 1919년에는 금주법이 미국 연방 법원을 통과했고, 1920년에는 전국적으로 금주법이 시행되었지.
금주법으로 아예 술을 마시지 못하게 하면 더 좋은 사회가 될 거라고 생각했는데, 현실은 그렇지 않았어. 범죄 조직이 몰래 술을 팔면서 상황은 더 나빠졌거든.

대공황

사치와 향락의 종말

경제 침체 때문에 산업 활동이 줄어들면서 물가가 떨어지고, 실업률이 높아지는 것을 '경제 공황'이라고 해. 1920년대 말에 시작된 대공황은 미국 역사상 가장 큰 규모의 경제 공황으로, 미국 노동자 4명 중 1명이 일자리를 잃었고 은행도 500군데나 파산했어. 그 때문에 사람들의 예금이 증발했고, 은행 대출을 받지 못하게 된 기업과 공장도 줄줄이 망했지. 사람들은 난방할 돈이 없어서 거리의 가로수까지 베어다 태우고, 구호 식량을 받아 먹고 살아야만 했어.

세계 최강대국이 된

현대의 미국

영국 식민지로 출발한 지 불과 230년 남짓, 지금의 미국은 문화를 보나 경제를 보나 지구에서 제일 강하고 유력한 국가로 떠올랐어. 뮤지컬과 팝송의 메카 타임스퀘어, 세계 경제를 좌지우지하는 월 스트리트 등……. 하지만 미국에 문제가 없는 건 아니야. 불공평한 사회에 항의하는 뜻에서 미국 시민들이 월 스트리트 점령 운동을 벌이기도 했고, 시가지 한복판에서 911 테러가 일어나는 참사를 겪기도 했지.

NYSE

R.BAKER

99%
TOO BIG TO FAIL!
99%
WE ARE
TOO BIG
TO FAIL!
WWW.GetMoneyOut.Com
Get Money Out
PROFETAS!
GANANCIAS!
ORGANIZE!

노빈손, 100년 전 미국에 가다

초판 1쇄 펴냄 2014년 6월 12일
초판 2쇄 펴냄 2015년 4월 30일

지은이 김솔아
일러스트 이우일
펴낸이 고영은 박미숙

편집이사 인영아
뜨인돌기획팀 박경수 강은하 김현정 김영은
어린이기획팀 이경화 여은영 | 디자인실 김세라 오경화
마케팅팀 오상욱 | 총무팀 김용만 임진희

펴낸곳 뜨인돌출판(주) | 출판등록 1994.10.11(제300-2014-157호)
주소 110-062 서울시 종로구 경희궁1길 10-1
홈페이지 www.ddstone.com | 블로그 blog.naver.com/ddstone1994
노빈손 홈페이지 www.nobinson.com | 페이스북 www.facebook.com/ddstone1994
대표전화 02-337-5252 | 팩스 02-337-5868

ISBN 978-89-5807-524-0 03810
CIP제어번호 : CIP2014016828

노빈손
100년 전 미국에 가다

김솔아 지음 이우일 일러스트

뜨인돌

안녕하세요, 여러분.

『노빈손의 위풍당당 러시아 행진곡』『노빈손의 샨티샨티 인도 견문록』에 이어 빈손이와 함께한 세 번째 책입니다. 첫 책을 썼을 때만 해도 지금보다 훨씬 파릇파릇 고왔는데, 빈손이와 모험하다 보니 어느새 외모가 빈손이처럼 변해 가고 있습니다. 나날이 눈은 퀭해지고 피부는 푸석해지네요. 이러다가 곧 빈손이처럼 머리도 빠지는 게 아닐까 걱정이 됩니다.

하지만 친구들이 이번 책을 재밌게 읽어 준다면 그깟 외모가 대수일까요?

이 책은 작년 봄에 개봉한 영화 〈위대한 개츠비〉에서 아이디어를 얻었습니다. 〈위대한 개츠비〉는 1925년에 발표된 피츠제럴드의 소설을 원작으로 한 영화입니다. 1920년대 미국을 훌륭하게 묘사했다고 평가받는 걸작이죠.

1920년대, 1차 세계대전을 끝낸 미국은 유럽과는 달리 엄청난 경제적 풍요를 누렸습니다. 자동차가 널리 보급되었고, 하늘을 찌를 듯한

고층 건물들이 세워졌으며, 재즈와 찰스턴 춤이 유행했죠. 우리가 흔히 상상하는 미국의 모습 대부분이 이 시대에 만들어졌습니다.

하지만 이 시절에는 술의 제조와 판매를 막는 '금주법'이 제정되어 범죄 조직인 갱들이 활개를 치기도 했습니다. 〈위대한 개츠비〉에는 이 시대의 다양한 얼굴들이 모두 담겨 있죠. 그래서 저는 〈위대한 개츠비〉를 보며 빈손이를 1920년대 미국에 떨어뜨리기로 마음먹었답니다.

이번 책에서 빈손이는 미연방 수사국의 비밀요원이 되어 시카고 최고의 악당인 알까보이네를 잡기 위해 고군분투합니다. 그 과정에서 수사원인 엘리엇 네스, 32대 미국 대통령인 프랭클린 루스벨트, 영화배우 지망생 브래드를 만나 우정을 쌓기도 하고, 갱들의 기관총 세례를 피해 꽁지가 빠지게 도망치기도 합니다. 또 캐츠비라는 대부호의 저택에 가거나, 찰리 채플린 같은 유명인을 만나는 등 신기하고 재밌는 일들도 겪죠.

모험이 끝난 후, 빈손이에게 슬쩍 소감을 물어 보니 "무척 고생스러웠다"라고 하더군요. 하지만 힘든 모험일수록 더더욱 기억에 남는 법! 빈손이를 고생시키느라 고생한 저도 이 책을 쓰며 즐거워했던 기억들을 오래 간직할 것 같습니다. 마지막으로 빈손이와 저보다 훨씬 수고하신 뜨인돌 편집자님들께 감사를 전합니다.

자, 그러면 이제부터 빈손이와 함께 1920년대 미국으로 떠나 보죠! Let's go!

등장인물

노빈손

얼떨결에 1920년대 미국에 떨어져 비밀요원으로 활약하게 된 우리의 주인공. 유능하지만 무뚝뚝한 상관 엘리엇과 함께 시카고 최고의 악당 알까보이네를 뒤쫓는다. 할리우드의 영화 속 폼 나는 비밀요원들과 달리, 보수 한 푼 없이 엘리엇의 구박만 받는 노빈손은 늘 그렇듯 꿋꿋하다. 정의감 빼면 시체인 노빈손, 과연 알까보이네를 체포하는 데 성공할 수 있을까?

엘리엇

미연방 수사국 최고의 요원. 죽은 친구의 복수를 위해 알까보이네를 뒤쫓던 중 빈손을 만난다. 비밀요원으로서의 빈손의 능력을 신뢰하면서도 겉으로는 매일 구박만 한다. 콘크리트처럼 딱딱한 표정 뒤에 누구보다 따뜻한 마음을 감추고 있는 남자다.

알까보이네

금주법 시대 시카고를 주름잡았던 최고의 악당. 술을 불법으로 만들어 팔 뿐만 아니라, 선거 결과 조작이나 살인 청부 같은 엄청난 범죄도 서슴지 않고 저지른다. 자신을 뒤쫓는 엘리엇과 노빈손을 눈엣가시로 여겨 호시탐탐 제거할 기회를 노린다.

공포의 왕발

알까보이네의 부하. 발이 커서가 아니라 발차기를 잘해서 공포의 왕발이라 불린다. 그러나 이번 편에서는 노빈손을 잡으러 다니기 바빠 발차기할 시간도 없다. 알까보이네 갱단에서 빈손과 가장 악연이 깊은 인물이다.

프랭클린
루스벨트

명문가의 자제로 태어나 엘리트 코스를 밟은 엄친아. 그러나 39세 때 찾아온 하반신 마비로 큰 시련을 겪게 된다. 결국 뼈를 깎는 재활 훈련을 통해 시련을 극복하고 미국의 32대 대통령으로 당선된다. 엘리엇의 절친한 친구로 엘리엇과 노빈손이 알까보이네를 잡는 데 큰 도움을 준다. 사람들을 감동시키는 연설을 잘해서 '명대사 제조기'라고도 불린다.

브래드

알까보이네 저택의 주방에서 일하던 소년. 그러나 브래드(빵)라는 이름과 달리 도통 요리에는 관심이 없다. 브래드의 진짜 꿈은 할리우드로 가서 배우가 되는 것이며, 노빈손과 찰리 채플린을 만나면서 그 꿈에 한 발자국 다가가게 된다. 자신의 구레나룻에 엄청난 애착을 가지고 있다.

찰리 채플린

몸짓 하나, 표정 하나로 전 세계를 울고 웃게 만든 무성 영화계 최고의 스타. 그러나 유성 영화의 등장으로 큰 심적 갈등을 겪는다. 이에 보기만 해도 절로 웃음이 나오는 얼굴을 가진 노빈손을 스카우트하려 하지만, 그 대신 더욱 큰 깨달음을 얻게 되는데…….

캐츠비

놀이동산 뺨치는 화려한 저택에서 매일 밤 파티를 여는 대부호. 그러나 사람들 앞에 절대 모습을 드러내지 않는 수수께끼의 인물이다. 그 때문에 그를 둘러싸고 온갖 소문과 오해들이 생겨난다.

차례

2부 재즈 시대

3부 대공황 시대

프롤로그

1920년대 미국.

칠흑 같은 밤의 어둠으로도 결코 잠재울 수 없는 화려한 도시가 바로 뉴욕이다. 그러나 예고도 없이 내리기 시작한 비 탓에 어딘가 울적한 기운이 감돌고 있었다.

프랭클린 루스벨트는 그 날씨만큼이나 무거운 표정으로 자신을 찾아온 남자를 물끄러미 바라보았다. 마주친 서로의 눈동자 속에는 이루 말할 수 없는 절망과 불안이 일렁거리고 있었다.

"엘리엇, 자네 정말 시카고로 갈 생각인가?"

루스벨트는 휠체어에 실은 몸을 부자연스레 움직이며 눈앞의 남자를 향해 물었다. 엘리엇이라 불린 남자는 작게 고개를 끄덕였다. 4B연필로 그린 듯 뚜렷한 이목구비를 가진 그는 꽉 다문 입매와 날카로운 눈빛 덕에 꽤나 고집스러워 보이는 인상이었다.

"네, 가서 알까보이네를 잡을 겁니다."

"자네가 그럴 거라 생각은 했네만… 너무 위험해. 시카고는 알까보이네에게 완전히 장악당했네. 고위공무원들도 그에게 매수됐고, 시민들조차 알까보이네가 무서워서 연방요원들에게 협조하지 않아. 몇 년 전 금주법이 공표된 이후로 시카고는 완전 무법천지가 되었다, 이 말일세."

루스벨트는 자신의 커다란 코를 만지작거리며 깊은 한숨을 내쉬었다.

1919년, 미국에는 술의 제조와 판매를 금지하는 법령인 금주법이 생겨났다. 지나친 음주와 그로 인한 범죄를 줄이기 위해 만든 법이었지만, 아이러니하게도 이 법 때문에 훨씬 더 많은 범죄가 생겨났다. 범죄조직인 갱단이 몰래 술을 만들어 팔기 시작했기 때문이었다. 갱들은 밀주를 통해 번 돈으로 도박, 매춘, 투기 등을 하며 걷잡을 수 없이 세력을 키워 나갔다.

그리고 이 모든 범죄의 중심에는 시카고 갱단의 우두머리인 알까보이네가 있었다. 영리하고도 악랄한 그는 연방요원들의 수사망을 번번이 빠져나갔고, 그 때문에 '체포 불가능한 남자'로 불리고 있었다.

"그러니까 더더욱 잡아야죠. 이 세상에 아직 정의가 살아 있다는 걸 알까보이네에게 보여 줄 겁니다."

엘리엇의 눈이 결연한 의지를 띤 채 빛났다. 하지만 루스벨트는 엘리엇의 결심이 연방요원으로서의 사명의식 때문만은 아니라는 걸 알고 있었다. 루스벨트가 물었

프랭클린 루스벨트

프랭클린 루스벨트(1882~1945년)는 미국의 32대 대통령이다. 1910년 뉴욕 주 상원의원에 당선되지만, 그 후 여러 차례 낙선하면서 순탄치 않은 정치 생활을 겪었으며 설상가상으로 소아마비 때문에 하반신이 마비된다. 그러나 3년간의 투병생활 끝에 기적적으로 정치계에 복귀했고, 1933년에는 대통령에 당선되어 대공황이라는 늪에 빠진 미국을 성공적으로 이끈다. 지금도 미국 국민들에게 가장 존경받는 대통령 중 한 명이다.

★★★★★★★★★★★★★★★★★

다.

"역시… 존 때문인가…?"

루스벨트의 갑작스러운 질문을 받은 엘리엇이 쓰게 웃었다. 존의 이름을 듣자, 엘리엇의 마음속에 억지로 눌러 쌓아 온 슬픔의 댐이 한순간에 무너져 내리는 것 같았다. 하지만 약한 모습을 보이는 것을 죽기보다 싫어하는 엘리엇은 대답을 피하려 화제를 돌렸다.

"뭐, 제 재미없는 이야기는 이만하죠. 그보다 몸은 좀 어떠십니까? 시카고로 내려가기 전에 뵈러 왔더니 휠체어를 타고 계셔서 깜짝 놀랐습니다. 빨리 쾌차하셔서 다음 뉴욕 주지사 선거에 나가셔야죠. 시카고뿐만 아니라 뉴욕에서도 갱들의 횡포가 심합니다. 그걸 막을 사람은 루스벨트 님뿐입니다."

엘리엇은 루스벨트를 똑바로 바라보며 말했다. 부패한 정치가가 넘치는 세상에서, 프랭클린 루스벨트는 엘리엇이 아는 사람 중 가장 뛰어나고 믿을 수 있는 정치가였다.

하지만 들려온 루스벨트의 대답은 너무나 충격적인 것이었다.

"몸은… 썩 좋진 않네. 의사 말로는 하반신이 전부 마비되었다더군. 그래서 일단 요양하면서 재활하기로 했네. 회복이 될지 안 될지는 모르겠지만, 일단 노력해 봐야겠지."

루스벨트의 음성은 덤덤했지만 숨길 수 없는 씁쓸함이 뚝뚝 묻어져 나오고 있었다. 충격적인 대답에 잠시 할 말을 잃었던 엘리엇은 정신을 차리고 강한 어조로 루스벨트를 격려했다.

"반드시 회복되실 겁니다. 아직 주지사 선거까지는 시간이 남아 있으니까, 용기를 잃지 마십시오."

"맞네. 하지만 설령 회복이 된다 해도, 이전처럼 자유롭게 걷지는 못할 걸세. 어쩌면 두 다리로 서는 것조차 어려울지도 모르지. 그런데도 자네는 내가 뉴욕 주지사가 될 수 있을 거라 생각하나?"

루스벨트는 항상 희망을 잃지 않는 남자였지만, 이번만큼은 좀처럼 불안을 떨쳐 버릴 수가 없었다. 엘리엇이 대답했다.

"예상은 문제가 아닙니다. 중요한 것은 믿음이죠."

"믿는다고?"

루스벨트가 반문하자 엘리엇은 고개를 끄덕이며 마음속에 간직해 온 이야기를 꺼냈다.

"네. 당신을 처음 만난 순간부터 굳게 믿어 온 것이 하나 있습니다. 당신이 이 나라를 위해 큰일을 하실 분이라는 사실이죠! 루스벨트 님, 당신은 뉴욕 주지사가 되실 겁니다. 그리고 그 후에는 나라의 대통령이 되실 거고요."

엘리엇이 신뢰에 가득 찬 눈으로 루스벨트를 바라보자, 불안으로 가득했던 루스벨트의 마음에 다시 강한 의지가 차올랐다. 두 사람의 눈동자에는 절망 대신 새로운 희망이 떠올랐다. 루스벨트가 무언가를 결

엘리엇 네스

엘리엇 네스(1903~1957년)는 시카고에서 태어났다. 당시 악명 높은 범죄자 알 카포네 때문에 골머리를 썩고 있던 미국 정부는, 뛰어난 요원 엘리엇 네스에게 알 카포네 체포 임무를 맡긴다. 1931년, 엘리엇과 그의 수사팀은 끈질긴 조사 끝에 '탈세와 금주법 위반'이라는 혐의로 알 카포네를 체포하는 데 성공한다. 때문에 엘리엇 네스의 이름은 지금도 전설적인 수사관의 상징으로 남아 있다.

심한 듯 입을 열었다.

"그렇군. 그럼 내 믿음도 이야기해 주지."

"뭡니까?"

"자네는 틀림없이 알까보이네를 잡게 될 거야."

엘리엇의 얼굴에도 은은한 미소가 떠올랐다.

"좋습니다. 우리 둘 다 아주 어려운 일에 도전하게 되겠군요."

"그럼 행운을 빌며 건배할까?"

루스벨트가 잔을 내밀자 엘리엇은 익살스레 어깨를 으쓱했다.

"지금 연방요원에게 술을 권하시는 겁니까? 금주법 위반 혐의로 체포할 겁니다."

"안타깝지만 물이야."

엘리엇과 루스벨트는 힘차게 잔을 부딪쳤다. 이 순간 두 사람은 완전히 믿고 있었다. 남들이 불가능하다고 말하는 일들이 진짜로 일어날 거라는 사실을.

1920년대 미국에서는 무슨 일이?
빈손이도 놀란 버라이어티 미국!

1920년대는 미국의 역사에서 아주 특별한 시기였어. 1차 세계대전이 막 끝난 후라서 사회는 혼란스러웠지만 경제는 유례없는 호황을 누렸지. 대형 영화사, 라디오 방송, 자동차 대량 생산, 비행기가 모두 이 시기에 등장해서 사람들에게 새로운 삶의 방식을 선사했단다. 그럼 1920년대의 버라이어티한 미국 속으로 같이 들어가 볼까?

금주법, 그리고 체포할 수 없는 남자 알 카포네

금주법禁酒法은 말 그대로 술을 만들거나 파는 모든 행위를 금지하는 법을 말해. 세상에 그런 법도 있냐고? 그래, 술을 마시면 처벌을 받는 시대가 있었다니까.

20세기 초반, 술로 인한 각종 범죄와 가정폭력이 증가하자 각 지역에서 금주 운동이 거세게 일어났어. 특히 1874년에 성립된 여성 기독교 절제연맹(WCTU)은 가장 강력한 금주 운동을 벌였던 여성 개혁집단이야. WCTU의 유명한 여성 운동가 캐리 네이션은 캔자스 술집들을 습격해 술병들을 박살내며 금주 운동을 격렬하게 이끌었단다.

그리하여 1917년에는 미국의 모든 주 중 3분의 2가 금주법을 시행하게 되었어. 1919년에는 금주법이 미국 연방법원을 통과했고, 1920년에는 여성의 참정권 부여와 함께 전국적으로 금주법이 시행되었지.

하지만 미국을 도덕적으로 만들어 줄 거라고 생각했던 금주법은 오히려 역효과만 낳았어. 금주법의 시행 이후에도 사람들은 여전히 술을 마시고 싶어 했고, 그 덕에 온갖 범죄들이 들끓었거든. 사람들은 집 욕조나 창고에서 몰래 불법 술을 제조하거나 비밀 술집을 열었어. 게다가 갱과 같은 범죄 조직이 술을 만들고 팔면서 돈을 벌었고, 그러면서 크게 세력을 확장했단다.

특히 알 카포네는 금주법 시대에 가장 악명을 떨쳤던 범죄자야. 그는 시카고를 주 무대로 활동한 범죄 조직의 우두머리였어. 알 카포네

조직은 주로 돈을 받고 불법 사업장을 보호해 주거나, 술을 제조·유통시켰지. 협박과 살인을 일삼으면서도 경찰관과 공무원들에게 많은 뇌물을 주어 자신의 조직을 단속하지 못하도록 했단다. 하지만 1932년, 시카고의 밤의 제왕이라 불리며 위세를 떨치던 알 카포네는 탈세 혐의로 마침내 감옥에 가게 되었어.

자동차 혁명이 일어나다

'말이 끌지 않는 마차'라고 불리던 자동차는 19세기 후반에 발명되었어. 하지만 당시에는 부자들만 탈 수 있는 진귀한 물건이었단다. 자동차 한 대를 만들려면 숙련된 기술자가 일일이 부품을 조립해야 하는 까다로운 과정이 필요했거든. 그래서 자동차 회사를 경영하던 헨리 포

드는 일반 사람들도 탈 수 있는 값싼 자동차를 만들기 위해 고심했어.

1908년, 그는 수많은 시행착오 끝에 T형 포드 자동차를 세상에 내놓았단다. T형 포드는 다른 차들과 달리 최초로 조립 라인(부품을 조립하기 쉽게 조직한 공장 구조)을 이용하여 생산되었기 때문에 가격이 비교적 쌌어. 곧 T형 포드는 불티나게 팔려나갔고, 포드 공장은 24초당 1대 꼴로 T형 포드를 생산해야 했지.

T형 포드는 단순한 자동차가 아니라 미국인들의 일상을 바꾼 '자동차 혁명'이었단다. 자동차를 갖게 된 사람들은 이제 주말마다 교외 지역으로 나들이를 떠날 수 있게 되었어. 그 때문에 미국 전역에 고속도로가 급속하게 개발되었고, 도시 곳곳에는 각종 숙박 시설과 유흥 시설도 생겨났어. 자동차를 이용한 출퇴근도 활성화되면서 도시 외곽 지역도 발달했지. 출근, 통학에서부터 쇼핑, 레저에 이르기까지 뭐든지 자동차를 이용하는 오늘날 미국인들의 생활 모습은 바로 이때부터 시작된 거야.

라디오의 발전

라디오는 다수의 사람들에게 음성이나 음악을 '무선'으로 전달하기 위해 만들어졌어. 라디오 기술을 급격하게 발전시킨 건 1차 세계대전이었지. 라디오는 신속하게 정보를 전달하고 전파시키는 데에 아주 편리했거든.

전쟁이 끝난 후 라디오는 민간에 널리 보급되었어. 1920년에는 세계 최초의 라디오 정규방송 KDKA가 미국 피츠버그에서 개국했지.

KDKA는 개국 기념으로 워렌 하딩과 제임스 콕스가 대결한 대통령 선거 결과를 발표했어. 또 자체 악단을 조직하여 음악 방송도 내보냈지. 그 후에는 대통령 담화, 스포츠 중계, 뉴스, 강연에 심지어 교회 예배까지도 라디오로 들을 수 있게 되었단다. 그야말로 라디오의 전성시대가 열린 거야.

비행기의 대서양 횡단

'하늘을 나는 것', 그중에서도 '비행기를 타고 대서양을 횡단하는 것'은 미국인들의 오랜 꿈이었어. 1920년대에 그 꿈을 이룬 남자가 나타나는데, 그가 바로 찰스 린드버그야.

1927년, 아직 비행이 무척 위험하던 시절에 그는 혼자서 대서양 횡단 비행에 나섰어. 그리고 33시간 30분 만에 뉴욕에서 파리까지 비행하는 데 성공하여 미국인들에게 열광적인 관심과 사랑을 받았지.

그로부터 5년 후에는 여성 비행사인 아멜리아 에어하트도 대서양 횡단 비행에 성공해. 이런 도전적인 비행사들의 등장에 힘입어 항공 산업은 급속도로 발전하게 된단다. 린드버그의 비행이 성공하자, 항공 우편만을 취급하던 대부분의 항공사들이 승객을 태우기 시작했거든. 물론 그에 따라 항공 기술도 빠르게 발전했어. 그 덕에 지금은 비행기로 뉴욕에서 파리까지 가는 데 8시간밖에 걸리지 않는다구!

1부

금주법 시대

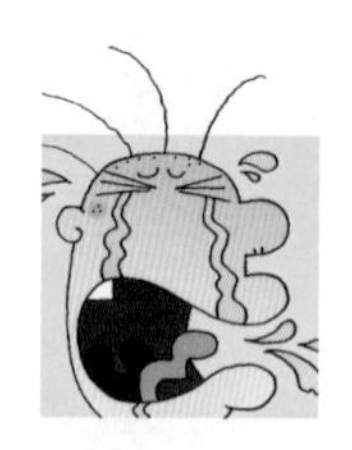

변을 당한 노빈손

'바람의 도시'라는 별명답게, 미시간 호로부터 불어오는 시카고의 밤바람은 세찼다.

노빈손은 으슬으슬 소름이 돋는 추위에 번쩍 눈을 떴다. 시야에 들어온 것은 하늘을 촘촘히 수놓은 별들뿐이었다. 노빈손은 대자로 뻗어 있던 몸을 일으켜 주위를 두리번거렸다.

"엥? 여긴 옥수수 밭이잖아? 내가 왜 여기 있는 거지?"

불과 몇 시간 전까지만 해도 노빈손은 시카고를 여행 중이었다. 화려한 초고층 빌딩들이 빼곡히 들어선 시내를 둘러본 노빈손은 허기진 배를 채우기 위해 식당에 들어갔다. 시카고의 명물 딥 디쉬 피자는 두껍고 기름진 것이 딱 노빈손 취향이었다. 노빈손은 빵빵해진 배를 안고 식당 안에 흐르는 재즈의 선율에 취해 잠시 눈을 감았다.

하지만 눈을 떠 보니 바로 이곳, 끝 모르게 펼쳐진 옥수수 밭 위였다. 또 영문 모를 여행이 시작된 것이었다.

"어이구, 이놈의 역마살은… 으, 그런데 이 냄새는?"

노빈손은 정신을 아득하게 하는 강렬한 똥 냄새를 맡고서 코를 킁킁댔다. 옥수수 밭을 헤치고 앞으로 나아갈수록 냄새는 점점 더 진해졌다. 한 지점에 멈추어 선 노빈손은 주위를 두리번거렸다.

"음… 여기쯤에서 나는 것 같은데. 화장실 냄새가 나는 걸 보니 근처에 마을이 있을지도 몰라. 배도 고픈데 어서 마을을 찾아야……."

하지만 어둠이 겹겹이 보초를 선 밤이라, 드높게 솟은 옥수수 말고는 제대로 보이는 게 없었다. 노빈손은 후각을 극대화하고자 눈을 감고 콧구멍만 벌렁거렸다.

갑자기 발밑이 허전해졌다. 노빈손은 "으억!" 하고 비명을 지르며 아래로 추락했다. 풍덩 소리가 요란하게 울렸다.

"어억! 우웨웨웨웩! 여…여긴!"

노빈손은 자신이 떨어진 곳의 정체를 바로 알아차렸다. 사람과 가축의 똥이 옹기종기 모여 사이좋게 숙성되고 있는 그곳은, 바로 옥수수 밭의 거름 구덩이였다. 눈, 코, 입으로 사정없이 침투해 오는 똥의 향연에 노빈손은 찢어질 듯한 비명을 질렀다. 이대로라면 저녁밥 대신 똥을 먹을 판이었다.

"살려 줘! 똥통에 빠져 죽을 순 없어! 으아아악!"

다행히도 구덩이의 깊이가 얕았기에 노

미시간 호는 어디?

미시간 호는 미국 북동부에 있는 거대한 규모의 호수로, 호수의 동쪽과 북쪽은 미시간 주, 서쪽은 위스콘신 주, 남쪽은 인디애나 주, 남서쪽은 시카고가 있는 일리노이 주에 둘러싸여 있다. 1634년 프랑스의 탐험가 장 니콜레가 발견하였으며, 호수 이름은 인디언어인 '미치가미(많은 물)'에서 유래했다. 시카고는 겨울마다 미시간 호에서 불어오는 강풍 때문에 '바람의 도시'라는 별명을 얻었다.

★★★★★★★★★★★★★★★★

빈손은 스스로 구덩이를 빠져나올 수 있었다. 하지만 이미 온몸이 똥에 골고루 절여진 채였다. 머리부터 발끝까지 똥물이 뚝뚝 떨어져 내렸고, 화학무기급의 악취까지 났다. 자신의 몸을 본 노빈손은 절망스런 목소리로 중얼거렸다.

"우욱… 목욕… 목욕을 해야겠어……."

노빈손은 양 콧구멍에 나뭇잎을 쑤셔 넣고는 마을을 찾아 정처 없이 걷기 시작했다. 혹시 지나가는 사람이 없나 계속 주변을 살폈지만, 풀벌레 한 마리조차 노빈손에게 다가오지 않았다.

얼마나 걸었을까? 황량한 수풀 안에 세워진 작은 나무집이 노빈손의 눈에 들어왔다.

"계세요?"

노빈손이 공손히 물었지만, 들려오는 대답은 없었다.

"저… 혹시 괜찮으시면 이 집 욕실을 좀 쓸 수 있을까요? 제가 오다가 변을 당해서요."

노빈손은 유독 '변'이라는 글자에 힘을 주었다. 하지만 이번에도 역시 정적. 이제 노빈손은 거의 울먹이면서 문고리를 잡고 흔들고 있었다.

"그게… 진짜 큰 변이에요. 대변이라는 변인데… 흐윽, 사실 저 똥통에 빠졌어요.

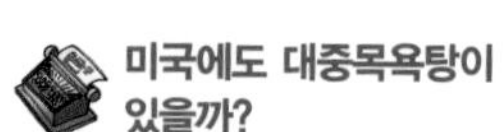

미국에도 대중목욕탕이 있을까?

미국에서는 동양인들이 운영하는 곳을 제외하고는 대중목욕탕을 거의 찾아볼 수 없다. 대부분의 미국인들은 개인 욕실에서 샤워를 하고, 몸을 담그고 싶을 때는 욕조를 이용한다. 하지만 사우나나 스파 같은 시설들은 미국에서도 흔히 볼 수 있다. 또 미국 서부에는 전 세계에서 가장 큰 탄산염 온천인 '맘모스 핫 스프링'이 있어서 온천욕을 즐길 수 있다.

★★★★★★★★★★★★★★★★

제발 목욕 좀 하게 해 주세요. 네?"

노빈손의 손끝에서 문이 탁 밀렸다. 그제야 노빈손은 문이 잠겨 있지 않았다는 사실을 깨닫고 조심스럽게 집 안으로 한 발자국을 내디뎠다.

"으잉? 여긴 뭐지?"

늦은 시간인데도 집 안의 불이 환하게 켜져 있었다. 하지만 그 넓은 집 안에 있는 거라고는 물이 가득 채워진 커다란 욕조와, 아무렇게나 널브러진 수백 개의 나무상자뿐이었다.

"사람 사는 집 같진 않은데, 대중목욕탕인가? 에이, 모르겠다. 일단 씻자. 더 이상은 이 냄새를 참을 수가 없어. 내일 목욕탕 주인이 오면 사정을 말하고 용서를 구하자."

노빈손은 옷을 훌렁훌렁 벗고 다이빙하듯 욕조로 뛰어 들어갔다. 투명했던 물이 급속도로 검게 변해 가자 노빈손은 묘한 감회에 젖어 몸을 문질렀다.

"아, 좋다. 으… 근데 왜 몸이 이렇게 가렵지?"

잠시 시간이 지나자, 살갗이 가렵다 못해 따가워지기 시작했다. 노빈손은 손으로 물을 떠서 냄새를 맡아 보았다.

"어? 왜 물에서 알코올 냄새가……."

바로 그때였다.

"꼼짝 마! 연방요원이다."

엘리엇의 위엄 있는 외침을 필두로, 연방요원들이 집 안으로 쏟아져 들어왔다. 긴 회색 코트를 입고 검은 중절모를 갖춰 쓴 요원

들이 노빈손이 들어 있는 욕조 주변을 둥글게 포위했다.

"미국 헌법 수정 제 18조에 의거, 술을 밀조한 혐의로 너를 체포한다."

"네? 술을 밀조해요? 무슨 소리세요! 게다가 목욕 중에 이렇게 쳐들어오는 게 어딨어요! 사생활 침해라고요!"

노빈손은 이 황당한 상황에 손으로 애써 몸을 가리며 항변했다. 하지만 요원들은 잽싼 몸놀림으로 수조 속에서 노빈손을 끌어내 수갑을 채웠다. 집 수색을 끝낸 다른 요원 한 명이 엘리엇에게 다가와 상황을 보고했다.

"수사관님, 저 대머리를 제외한 다른 알까보이네 갱단은 전혀 보이지 않습니다. 이 욕조에 채워진 공업용 알코올들을 빼고는 술도 없고요. 우리가 올 것을 알고 알까보이네가 미리 선수를 친 것 같습니다."

"뭐라고? 이런, 또야?"

울분에 찬 엘리엇이 발밑의 나무상자를 힘껏 걷어찼다.

시카고로 온 엘리엇은 알까보이네의 비밀 양조장을 찾아내 습격하는 중이었다. 하지만 매번 습격할 때마다 양조장은 텅 비어 있었고 아무런 증거도 찾을 수 없었다.

'대체 그놈이 어떻게 내 계획을 미리 아는 거지?'

엘리엇은 피가 날 정도로 입술을 세게 깨물었다. 그때 엘리엇의 귓가로 요원들과 노빈손이 실랑이하는 소리가 들렸다.

"어이, 문어머리, 빨리 안 타?"

"누가 문어머리예요? 그리고 수건 좀 주세요! 춥단 말이에요."

엘리엇은 휙 뒤돌아서서 날카로운 눈으로 노빈손을 훑었다.

그래도 이번에는 현장이 완전히 텅 비어 있지는 않았다. 정체 모를 한 남자가 이 비밀 양조장에 있었던 것이다. 그것도 알몸

조선 시대에도 금주법이 있었을까?

조선 시대, 특히 그중에서도 영조 시대에는 술의 제조와 판매를 막는 금주령이 자주 내려졌다. 조선에서는 쌀로 술을 빚었기에, 식량 사정이 악화되는 것을 막기 위해 쌀을 낭비하지 못하도록 금주령을 내렸던 것이다. 조선처럼 곡식으로 술을 만들었던 중국, 일본 등도 마찬가지의 이유로 금주령이 시행되곤 했다.

★★★★★★★★★★★★★★★★

으로.

"이게 대체 무슨 상황인지는 모르겠지만… 어쨌든 단서라고는 저놈뿐인가?"

거부할 수 없는 제안

"이름은?"

"노빈손이요."

시카고 연방수사국 사무실에 타자기 치는 소리가 타닥타닥 울려 퍼졌다. 엘리엇은 담요 한 장으로 몸을 겨우 가린 노빈손을 취조 중이었다.

"출신지는?"

"서울이요. 그보다 먹을 것 좀 없나요? 밥도 안 주고 취조하는 게 어딨어요. 제 오장육부가 배고픔으로 꼬이고 있는 게 안 보이세요?"

노빈손은 1년 365일 쉬지 않고 꼬르륵거리는 자신의 배를 가리키며 말했다. 그 뻔뻔스러움에 기가 찬 엘리엇은 송곳 같은 눈빛으로 노빈손을 째려보았다.

"서울? 그게 어디야? 이뻐할 구석이라고는 코알라 코딱지만큼도 없는 갱 주제에 밥은 무슨……."

"그러니까 아까부터 말씀드리지만, 전 알까보이네 갱단 뭐시기가 아니에요. 심지어 알까보이네가 누군지도 몰라요. 전 그저 똥투성이인 옥수수 밭 위를 구른 바람에 그 집에 목욕하러 들어갔던 것뿐이라니까요."

노빈손은 연신 결백을 호소했지만 엘리엇은 들을 가치도 없다는 듯 귀만 후볐다.

"아까 차 안에서는 지금이 몇 년도냐느니, 술을 만드는 게 대체 왜 범죄냐느니 하는 엉뚱한 질문만 해 대더니, 이젠 알까보이네가 누군지 모른다고? 어처구니가 없군. 시카고 시민들은 대통령이 누군지는 몰라도 알까보이네가 누군지는 알아. 말이 되는 시치미를 떼라, 좀."

노빈손은 답답해 미칠 지경이었다.

수사국으로 끌려오면서 알아낸 사실은 딱 세 가지였다. 첫째, 지금이 1920년대라는 것. 둘째, 이 시대에는 술을 만들고 판매하는 게 법으로 금지되어 있다는 것. 그리고 셋째, 운이 없게도 노빈손이 목욕하던 곳이 바로 몰래 술을 만드는 불법 양조장이었다는 것. 그것이 노빈손이 아는 전부였다.

"시치미가 아니라, 전 진짜로 모른다니까요. 에잇, 차라리 묵비권을 행사할래요."

미국 연방수사국은 언제부터 FBI라 불렸을까?

미국 드라마 속에 자주 등장하는 'FBI(Federal Bureau of Investigation)'는 '미국 연방수사국'의 약자다. 미국은 각 주마다 법이 다르기 때문에, 연방정부 차원에서 법을 집행할 기관이 필요하여 FBI를 만들었다. 1908년 창설된 이후에 'BOI(Bureau of Investigation, 검찰국), DOI(Division of Investigation, 수사국)' 등으로 불리다가 1933년에서야 FBI라는 이름을 얻었다.

★★★★★★★★★★★★★★★★★

노빈손은 조개처럼 입을 꽉 다물었다. 그러자 엘리엇도 작전을 바꿀 수밖에 없었다.

"좋아, 계속 그렇게 나온다 이거지? 그럼 알까보이네가 누군지 내가 직접 가르쳐 주지. 이걸 큰 소리로 읽어 봐라."

엘리엇이 내민 것은 오늘자 신문이었다. 영문도 모른 채 신문을 받아 든 노빈손은 헤드라인 기사를 또박또박 읽어 내려가기 시작했다.

"어제 밤 10시. 18번 거리 23194번지에 사는 농부가 갑자기 의식을 잃고 계단에서 굴러 떨어졌다. 병원으로 긴급 후송되었으나 불과 4시간 만에 사망했다. 의사들은 그가 갱들이 만들어 파는 공업용 알코올이 든 값싼 술을 마셨다가 사망한 것으로 보고 있다…. 헉?"

그 충격적인 내용에 노빈손은 저도 모르게 외마디 비명을 내뱉었다. 사람이 마시는 술에 공업용 알코올을 쓴다고?

"멈추지 말고 그 다음 기사도 계속 읽어."

엘리엇이 딱딱하게 명령하자 노빈손은 내키지 않는 표정으로 다음 기사를 읽어 내려갔다.

"어제 오후 3시. 리브타운에 있는 식당이 갱들의 습격을 받아 폭파되었다. 갱들

신문의 전성시대와 타블로이드

20세기 초반에 미국 인구는 2배로 증가했다. 이에 따라 신문을 보는 독자 수도 늘었고, 신문의 종류도 다양해졌다. 1920년대에는 경제적인 번영과 더불어 '타블로이드' 신문이 유행했다. '기사를 요약, 또는 압축한다'라는 뜻을 가진 타블로이드 신문은 일반 신문의 반절 크기였기 때문에 열차 안에서 읽기가 편했다. 또 선정적인 기사와 그림이 많았기 때문에 재미와 오락거리를 찾던 사람들에게 큰 인기를 얻었다.

★★★★★★★★★★★★★★★★

은 이 식당 주인에게 신변과 사업 보호라는 명목으로 매달 보호비를 납부받고 있었다. 그러나 주인이 식당 수입이 좋지 않아, 이번 달 보호비를 낼 수 없다고 하자 갱들은 이 식당에 폭탄을 설치했다… 허거덕? 세상에, 폭탄이라니……."

기가 질린 노빈손은 더 이상 기사를 읽어 내리지 못했다. 그러자 엘리엇은 자리에서 벌떡 일어나며 책상을 쾅 내려쳤다.

"이게 바로 알까보이네와 그놈 부하들이 이 도시에서 하는 짓이야! 그놈들은 사람의 목숨을 앗아갈 수도 있는 독극물을 술이라며 만들어 팔고, 상인들에게 보호비를 갈취하고, 선량한 시민들을 위협하지. 그런데도 알까보이네가 누군지 모른다고? 헛소리 그만하고, 당장 그놈들의 범죄에 대해 아는 걸 전부 말해!"

엘리엇의 눈에 폭발 직전의 화산 같은 분노가 타올랐다. 하지만 놀랍게도, 그런 엘리엇과 시선을 마주친 노빈손의 눈에도 똑같은 분노가 들어 있었다.

"전 그놈들에 대해 아무것도 몰라요! 하지만 하나는 알겠어요. 이 알까보이네라는 놈은 감옥에 가야 한다는 걸요. 이렇게 나쁜 놈을 왜 바로 체포하지 않는 거예요?"

"뭐?"

노빈손의 당돌한 질문에 엘리엇은 얼빠진 표정을 지었다. 알까보이네를 체포하지 못하는 이유는 간단했다. 확실한 증거가 없기 때문이었다. 시카고 주민들은 알까보이네의 보복이 두려워 증언을 거부했고, 그의 부하들은 그에게 충성했다. 게다가 알까보이네

는 영리했기에 현장에 절대 자신의 모습을 보이지 않았던 것이다.

엘리엇은 '뭐 이런 나쁜 놈이 다 있어!' 라며 날뛰는 노빈손을 보며 고민에 빠졌다.

'이놈이 정말로 알까보이네 갱단인가?'

"너, 손 좀 줘 봐."

엘리엇은 노빈손의 손등을 확인했다. 하지만 노빈손의 손에는 알까보이네 갱단의 상징인 흉터 모양의 문신이 없었다.

'뭐야, 그럼 이 녀석은 정말로 목욕하려고 우연히 양조장에 들어갔단 말인가?'

엘리엇은 두개골이 띵하게 아파 오는 기분이었다. 그때 요원 한 명이 다급한 표정으로 엘리엇에게 다가가 귀에 무언가를 속삭였다.

"수사관님, 급보가 들어왔습니다. 저희가 알까보이네 갱단에 침투시킨 요원이 정체를 들켰답니다. 일단 안전한 곳으로 피신한 모양이긴 한데… 이젠 어쩌죠?"

"뭐야? 그것 봐. 걘 너무 똑똑하게 생겨서 갱으로 안 보일 거라고 했잖아."

엘리엇은 머리를 감싸 쥐었다. 알까보이네를 잡으려면 한시가 급하건만, 갱단 내부에 투입할 만한 요원이 더 이상 없었다.

'알까보이네 갱단에게 매수당하지 않을 정도로 정의감이 투철하고, 절대 연방요원처럼 안 보이는 얼굴을 가진 요원. 그런 애로 누가 있지?'

천장을 올려다보며 고민하던 엘리엇은 마땅한 답을 찾지 못하고 고개를 내렸다. 그 순간, 엘리엇은 그 조건에 딱 맞는 인물

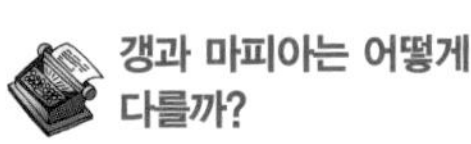

'갱(gang)'은 범죄 조직을 총칭하는 말인 동시에 조직에 소속되어 있는 범죄자를 뜻한다. 마피아는 최근 '기업형 거대 범죄조직'을 일컫는 말로 쓰이고 있지만, 본래는 19세기 이탈리아에서 시칠리아 섬을 주름잡던 반정부 비밀결사 조직을 가리켰다. 그 조직의 일부가 19세기 말에 미국으로 건너가서 대도시의 범죄 조직을 만들었다. 마피아들은 자신의 조직을 '패밀리'라 부르며, 조직원끼리 '대부'라는 유사가족 관계를 만든다는 특징이 있다.

★★★★★★★★★★★★★★★★

하나가 자신을 멀뚱히 쳐다보고 있는 것을 발견했다. 바로 노빈손이었다.

'잠깐, 이 녀석이라면…? 연방요원이라고 아무리 우겨도 믿어주지 않을 얼굴인데다, 아까 보니 정의감도 끓어 넘치던데. 한번 도박을 해 볼까?'

엘리엇은 한참 고민한 끝에 결국 결정을 내렸다. 흠흠 헛기침하면서 괜히 인상을 팍 쓴 엘리엇은 노빈손을 노려보았다.

"야, 너 노빈손이라고 했지? 니 죗값은 정말 무겁지만, 내 조건을 하나 들어주면 감옥엔 안 갈 수 있도록 해 주마."

"네? 그 조건이 뭔데요?"

목욕 한번 한 죄로 감옥에 끌려가게 생긴 노빈손은 지푸라기를 잡는 심정으로 물었다. 그러나 그 지푸라기가 구원이 아니라 고생의 시작이었음을 노빈손이 어찌 알았으리.

엘리엇은 바닷가에서 대형 문어를 낚은 낚시꾼처럼 씩익 웃었다.

"너, 내 비밀요원 해라."

천장에서 노빈손이 내려와

"어이, 거기 웨이터. 음악 좀 더 크게 연주하라고 전해 줘!"

"음료수 주문한 지가 언제인데, 아직도 안 가져 와?"

"네네. 지금 갑니다. 으윽, 손님들, 좀 비켜 주세요."

노빈손은 한 손에 음료수 쟁반을 들고, 나머지 한 손으로는 한 치의 틈도 없이 빽빽이 들어선 사람들을 헤집으며 앞으로 나아갔다. 손이 스무 개라도 모자를 지경이었다.

엘리엇의 명을 받고 노빈손이 웨이터로 위장 취업한 이곳은, 시카고의 중심가에 있는 알까보이네 소유의 살롱이었다. 1층은 식당이었고, 2층은 재즈 음악이 연주되는 바였다. 2층 바는 항상 붐볐는데, 주말인 오늘은 발 디딜 틈 하나 없이 사람들로 가득 차 있었다.

"여기서 알까보이네 갱단을 감시하는 비밀 임무를 수행하라고 하더니만, 비밀 임무는커녕 하루 종일 음료수 나르고, 바닥 닦고 설거지하고……."

노빈손은 테이블을 치우며 입을 뿌루퉁하게 내밀었다. 하루 종일 2층에서 일을 하다 보면 알까보이네 갱단이 언제 왔다 갔는지조차 알 수 없었다.

"에이, 보수도 없는데 비밀요원이고 뭐고 확 때려치워 버려?"

노빈손이 그렇게 중얼거렸을 때였다. 누군가가 노빈손의 등을 툭 쳤다.

"어머, 웨이터 오빠! 머리 어디서 했어? 아예 확 다 밀어 버렸네? 정말 반항적이

'언터처블' 이란?

알 카포네는 이미 수사국 내부까지 손을 뻗치고 있었다. 때문에 엘리엇은 가장 도덕적이며 우수한 수사관들로 알 카포네 체포팀을 꾸렸는데, 이들은 알 카포네의 온갖 뇌물 공작과 살해 협박에도 굴하지 않았다. 때문에 그들은 '언터처블(건드릴 수 없는 사람들)'이라 불렸으며, 1987년에 〈언터처블〉이라는 제목으로 영화화되기도 했다.

다. 멋져!"

목소리의 주인공은 음악에 맞춰서 열심히 몸을 흔들고 있는 미국 신여성이었다. 1920년대의 신여성이었던 '플래퍼'들은 긴 머리를 과감히 잘라 버리고 헐렁한 일자형 치마를 입은 채 자유분방하게 행동했기 때문에 어디서든 눈에 금방 띄었다. 노빈손이 플래퍼에게 항의했다.

"다 밀었다니요. 여기 머리카락이 네 가닥 있는 거 안 보이세요?"

"까르르르. 그럼 네 가닥 오빠, 같이 춤추자고! 인생은 짧은데 일만 할 거야?"

플래퍼가 노빈손을 춤추는 사람들의 무리 속으로 잡아끌었다. 하지만 노빈손은 사람들 틈에서 이리저리 치이며 헤롱거리기만 했다.

"으억, 어지러워! 전 춤 같은 거 잘 못 춰요!"

"에이, 그러지 말고. 이게 바로 최신 유행인 찰스턴 춤이야. 무릎을 붙였다가 떼었다가, 이리로 갔다가 저리로 갔다가 하면서 마음대로 스텝을 밟으면 돼! 아주 쉽다고!"

플래퍼의 말을 들은 노빈손은 '오잉?' 하며 눈을 크게 떴다.

플래퍼? 후랏빠?

플래퍼(flapper)는 1차 세계대전 이후 여성의 사회 진출 기회가 늘어나면서 생겨난 신여성을 일컫는 말이다. 자유분방한 복장과 말투, 행동거지를 가진 그녀들은 이른바 '플래퍼' 붐을 일으켰다. 1922년에는 「플래퍼」라는 잡지가 창간될 정도였다. 이 플래퍼라는 단어는 한국에도 수입되어서, 한때 '여자 깡패'나 '행실이 방정하지 못한 여자'를 가리켜 '후랏빠'라고 부르기도 했다.

"무릎을 붙였다가 떼는 춤이요? 그냥 개다리 춤이잖아요. 그건 좀……."

하지만 춤꾼들 사이에서 이 이상 멀뚱히 서 있는 것은 더 민망할 것 같았다. 노빈손은 에라 모르겠다는 심정으로 개다리 춤을 추기 시작했다. 어렸을 때 할아버지와 할머니 앞에서 재롱 떨려고 추던 춤이었다.

놀랍게도 노빈손의 개다리 춤은 1920년대 미국에서도 통했다.

"저 춤은 뭐지? 못 보던 춤인데? 최신 스타일인가?"

"흐음, 분명 프렌치 스타일일 거야. 프랑스 사람들이 원래 좀 파격적이잖아."

어느새 방정맞게 다리를 떨어 대는 노빈손 곁으로 사람들이 모여들었다. 노빈손이 말했다.

"이건 프렌치가 아니라 코리안 스타일이에요! 요즘 한류라고 해서, 코리안 스타일이 완전히 대유행이죠."

"뭐? 유행이라고?"

미국 멋쟁이들의 눈이 번뜩였다.

"네. 제가 코리안 스타일의 춤을 하나 더 알려 드릴까요? 막춤이라고, 세계 어디서든 통하는 춤이에요."

노빈손은 지구상에 존재하는 모든 춤의 형식과 질서를 파괴할 기세로 격렬하게 몸을 흔들어 댔다. 유행에 뒤처지기 싫었던 사람들은 너나 할 것 없이 그 춤을 따라했다. 그러자 2층 나무 바닥은 공룡의 습격이라도 받은 양 쿵쿵쿵 울리기 시작했다. 바의 지배인이 아연실색하며 외쳤다.

"야, 노빈손, 이러다가 바닥 무너지겠어! 바닥 수리한 지 얼마 안 되었단 말이야!"

하지만 지배인의 목소리는 음악 소리에 묻혀 들리지 않았다. 흥에 취한 사람들은 진정하기는커녕 노빈손을 번쩍 들어 천장을 향해 높이 던져 댔다. 바에서 가장 멋진 춤을 춘 사람에게 해 주는 세레모니였다. 하늘로 붕 뜬 노빈손은 신명이 나서 외쳤다.

"야호!"

"이봐, 그만해! 그만하라고! 바닥 무너지면 당신들이 책임질 거야? 엉?"

보다 못한 바의 지배인이 다가와 모여 있던 사람들을 분산시켰다.

"앗, 잠깐! 여러분, 절 받아 주셔야죠! 까아아아아악!"

사람들이 흩어진 탓에 노빈손은 홀로 바닥을 향해 고공낙하했다. 그런데 하필 노빈손이 떨어진 곳이 얼마 전 수리한 바로 그 지점이었다. 노빈손은 그대로 낡은 나무바닥을 뚫고서 1층으로 추락했다.

쿠웅!

노빈손이 떨어진 곳은 1층 식당의 긴 테이블 위였다. 테이블에 널려 있던 진수성찬들이 예상치 못한 노빈손의 등장 때문에 사방으로 튀었다.

"앗! 뜨거! 뜨거워!"

"카아아악! 내 눈! 랍스터가 내 눈을 찔렀어!"

테이블에 앉아 있던 검은 양복의 남자들이 혼비백산하여 소리를 질렀다.

"오 마이 갓! 죄송합니다!"

테이블에 대자로 뻗어 있던 노빈손은 허둥지둥 몸을 일으키며 사과했다. 하지만 더 이상 자세한 실명을 할 시간은 주어지지 않았다. 원래도 험악한 인상을 가진 남자들은 기세등등한 살기를 내뿜으며 노빈

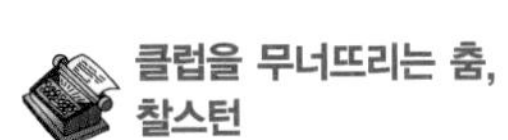

클럽을 무너뜨리는 춤, 찰스턴

찰스턴은 1920년대 미국을 대표하는 춤으로, 4박자의 경쾌한 리듬에 맞춰 양 무릎을 붙인 채 좌우로 발을 번갈아 뛰며 추는 춤이다. 한 흑인 댄서가 〈사우드캐롤라이나의 찰스턴〉이라는 곡에 맞춰 이 춤을 처음 추었기 때문에 '찰스턴'이라는 이름이 붙었다. 격렬하고 자유분방한 동작이 특징인 찰스턴은 금주법 시대에 미국에서 대유행하기 시작했고, 1927년경에는 세계적으로 퍼졌다. 당시에는 찰스턴을 추는 사람들 때문에 클럽이 무너지는 일도 종종 있었다.

손을 노려보았다. 그들 중 한 명이 품속에서 총을 꺼내 노빈손의 관자놀이에 겨누었다.

"죄송하다는 말로 될 것 같으냐? 오늘 새로 산 양복을 엉망으로 만들다니… 용서할 수 없는 놈이군. 잠자코 황천길 갈 준비나 해라!"

"네? 허억, 아니……."

노빈손의 얼굴이 하늘에서 갓 떨어진 눈처럼 새하얗게 질렸다. 뻣뻣하게 굳은 노빈손은 상황 판단을 위해 눈동자를 굴렸다. 흰색 긴 테이블에는 피아노의 윗 건반처럼 각을 잡은 검은 양복의 남자들이 줄지어 앉아 있었다. 오직 한 명, 중앙에 앉은 육중한 풍채의 남자만이 빛나는 진주색 양복을 입고 있었다.

그 남자의 손에서 커다란 다이아몬드 반지가 번쩍거렸고, 눈동자는 그보다 더 번쩍거렸다. 하지만 노빈손의 시선을 사로잡은 것은 따로 있었다. 바로 남자의 왼쪽 뺨에 길게 난 상처였다. 엘리엇이 한 말이 노빈손의 뇌리를 스쳤다.

'알까보이네는 알아보기 쉬울 거야. 왼쪽 뺨에 흉터가 있거든.'

"오 마이 갓. 저 남자 알까보이네잖아!"

엘리엇의 말을 떠올린 노빈손이 절망스레 중얼거렸다. 하필이면 알까보이네 갱단

알 카포네는 실제로 뺨에 흉터가 있었을까?

있었다. 알 카포네는 젊은 시절의 싸움에서 왼쪽 뺨에 세 줄의 상처를 입었다. 이 때문에 그는 스카페이스(Scarface), 즉 '흉터진 얼굴'이라는 별명을 얻었다. 시카고의 어둠의 제왕이었던 알 카포네와 잘 어울리는 별명이었기 때문에 스카페이스라는 이름으로 더 널리 알려지기도 했다.

★★★★★★★★★★★★★★★★★

의 저녁 식사 테이블 위로 떨어진 것이었다.

노빈손은 이 난감한 상황을 타개하기 위해 급히 뇌를 가동시켰지만, 성격 급한 알까보이네의 부하는 노빈손에게 최후 통첩을 날렸다.

"잘 가라, 건방진 놈! 저승에서도 우리 알까보이네 갱단의 무서움을 기억해라!"

"잠시만요!"

노빈손이 우렁차게 외쳤다. 그 바람에 권총의 방아쇠를 당기려던 갱의 손에서 힘이 빠졌다. 노빈손은 떨리는 음성을 최대한 누르며 알까보이네를 똑바로 응시했다.

"제가 당신이라면 저를 여기서 죽이지 않을 거예요. 보는 눈이 너무 많잖아요. 요즘 엘리엇이 당신을 잡으려고 혈안이 되어 있다는 걸, 설마 모르시는 건 아니겠죠?"

'엘리엇'이라는 말에 알까보이네의 한쪽 눈썹이 꿈틀거렸다.

"뭐가 어째?"

"이 자식이 건방지게!"

알까보이네의 부하들이 소리치며 일제히 자리에서 벌떡 일어났다. 수많은 총부리가 일제히 노빈손에게 겨누어졌다. 분위기가 험악해진 가운데, 알까보이네는 아무 말도 없이 벽조차 꿰뚫을 듯한 눈빛으로 노빈손을 바라볼 뿐이었다. 노빈손은 좌절했다.

'하아, 이제 끝이구나.'

노빈손은 알까보이네에게 시선을 고정한 채로 딱딱하게 굳어 버렸다. 너무 놀란 나머지 부릅뜬 눈이 감겨지지도 않았다. 부하들이 막 방아쇠를 당기려는 순간, 갑

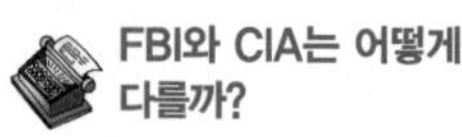

FBI와 CIA는 어떻게 다를까?

FBI(Federal Bureau of Investigation, 미국 연방수사국)와 CIA(Central Intelligence Agency, 미국 중앙정보국)를 헷갈리는 사람이 많지만 둘은 엄연히 다른 기관이다. 가장 큰 차이점은 FBI가 미국 '국내'에서 일어나는 각종 사건들을 처리하는 반면, CIA는 미국의 안보를 위협하는 '국외'의 세력과 사건들을 담당한다는 것이다. 선거법 위법이나 연쇄살인 같은 국내 거대범죄는 FBI가, 테러 위협 및 전쟁 정보 수집과 같은 국외 업무는 CIA가 맡는다.

★★★★★★★★★★★★★★★★★

자기 낮은 중저음의 목소리가 울려 나왔다.

"잠깐."

바로 알까보이네의 목소리였다. 자리를 박차고 일어난 알까보이네는 커다란 보폭으로 노빈손에게 저벅저벅 걸어왔다. 그가 걸을 때마다 퍼져 나오는 육중한 압박감 때문에 발걸음이 깊게 파이는 느낌이었다.

바로 코앞까지 다가온 그가 굳어 있는 노빈손을 툭툭 쳤다. 그러더니 흡족한 듯한 음성으로 말했다.

"너, 배짱이 있구나. 죽는 순간까지 내 눈을 똑바로 바라보다니… 마음에 들었어."

"네…네?"

노빈손은 갑자기 얼음땡에서 풀려난 사람처럼 얼떨떨한 반응을 보였다. 하지만 이어진 알까보이네의 말은 노빈손을 더욱더 놀라게 했다.

"우리에게는 너처럼 배짱 있는 놈이 필요하지. 너, 우리 패밀리에 들어와라."

'엥?'

며칠 사이에 연방수사국과 갱단이라는 전혀 다른 두 집단에서 스카우트 제의를 받은 노빈손은, 롤러코스터 같은 자신의 운명에 어안이 벙벙해질 뿐이었다.

구레나룻 소년

"이야, 너 생각보다 유능한데? 이렇게 빨리 갱단에 잠입할 줄이야."

알까보이네 갱단에 들어오라는 제의를 받았다는 소식을 전하자 엘리엇은 놀람과 기쁨이 반반 섞인 표정으로 말했다.

"그걸 이제 아셨어요? 수사관이시면서 인물 파악 능력이 영 꽝이시네요."

노빈손이 샐쭉하게 엘리엇을 쏘아보았지만, 엘리엇은 도리어 마음에도 없는 협박을 했다.

"헛소리하지 말고, 갱단에 들어가서 놈들의 일거수일투족을 철저히 감시해. 놈들이 번번이 우리의 습격을 미리 아는 걸 보면 뭔가가 있는 게 틀림없어. 꾸물대지 말고 얼른 가 봐. 오늘 환영회 있다며!"

"에잇! 가지 말라고 잡아도 가요, 가!"

투덜거리는 노빈손을 수사국 바깥으로 쫓아낸 엘리엇은 그제야 감춰 두었던 미소를 보였다. 그가 책상 위에 놓아 둔 사진을 들여다보며 아련한 목소리로 중얼거렸다.

"꽤 괜찮은 녀석을 고른 것 같아, 존."

"어이, 신참. 시카고에 온 지 얼마 안 되었다며? 그럼 고향에선 좀 날렸나?"

노빈손의 환영회가 열린 곳은 갱들의 아지트인 알까보이네 저택이었다. 갱들은 새로 들어온 노빈손에게 연신 호기심 어린 질문들을 던져 댔다.

"그럼요. '딸기맛 미역파 노빈손' 하면 모르는 사람이 없었죠. 다들 공포에 떨었다니까요."

노빈손이 인상을 팍 쓰며 말하자 갱들은 흡족하게 고개를 끄덕였다.

"그럼 주무기는 뭐였어? 기관총? 혹시 고전적으로 쌍칼인가?"

"아… 전 주로 머리를 썼죠."

"호오, 확실히 무시무시한 흉기 같긴 하네. 이걸로 박으면 아프겠어."

갱들이 노빈손의 반질거리는 머리를 슥슥 쓰다듬었다.

'그게 아니라 두뇌파라는 뜻인데…….'

노빈손이 구시렁거리는데, 누군가가 크게 소리쳤다.

"야야, 신참 신고식 그만하고 라디오 앞에 모여! 야생 들소랑 매너사의 살인자가 붙는다고!"

갱들은 일제히 환호성을 내지르며 라디오 앞으로 몰려갔다.

매너사의 살인자, 잭 뎀프시

잭 뎀프시(1895~1983년)는 미국의 전설적인 프로 권투선수다. 1914년, 프로 권투의 세계로 뛰어든 그는 상체를 꼿꼿이 세우고 싸우던 다른 선수들과 달리 상체를 상하좌우로 격렬히 흔들며 타격하는 '뎀프시 롤'이란 기술로 팬들을 매료시켰다. 1923년 그는 야생 들소라 불리던 안젤로 파르포와의 승부에서 승리함으로써 명성을 공고히 했다. 사람들은 하룻밤 동안에 세 명을 KO 시키기도 했던 그에게 '매너사의 살인자'라는 별명을 붙여 주었다.

★★★★★★★★★★★★★★★★★

야생 들소와 살인마? 노빈손은 영문을 몰라 고개를 갸웃했다. 라디오에서 지지직거리는 소리가 들리자 호들갑스러운 남자의 목소리가 사방에 울려퍼졌다.

"고대하시던 야생 들소 루이스 안젤로 파르포와! 매너사의 살인자 잭 뎀프시의 경기를! 지금부터 중계해 드리겠습니다!"

"오, 시작한다! 잭, 힘내! 너한테 걸었다고!"

"무슨 소리! 오늘은 파르포가 이길 거야! 핵펀치를 날려라!"

그제야 노빈손은 야생 들소와 매너사의 살인자가 권투선수들의 별명이라는 걸 알았다.

1920년대 미국인들은 권투와 야구 같은 대중 스포츠에 푹 빠져 있었다. 라디오가 널리 보급되어 스포츠 중계를 쉽게 들을 수 있게 된 것이 큰 이유였다.

노빈손은 갱들이 열광의 도가니에 빠진 틈을 타 그곳을 슬쩍 빠져나왔다.

"휴우, 갱 노릇 하는 것도 쉽지 않네."

저택 뒤를 빙 돌며 바람을 쐬는데, 어디선가 부웅 하는 소리와 함께 뿌연 연기가 노빈손의 얼굴로 와 닿았다.

"으윽, 뭐야? 이 매너 없는 매연은."

고개를 돌리자 자동차 한 대가 후문으로 슬며시 빠져나가는 것이 보였다. 어둠이 내리깔린 시간인데 헤드라이트도 켜지 않은 채였다.

'누구지? 왜 도둑고양이처럼 후문으로……'

다른 갱들은 모두 환영회에 모여 있으니 필시 알까보이네의 손님일 터였다. 잽싸게 자동차를 훑어본 노빈손은 번호판을 외웠다. 다른 수상한 차는 없나 좀 더 살펴본 노빈손은 다시 저택으로 들어왔다.

'으, 걸었더니 배가 고프네. 먹을 것 좀 없나?'

짧은 산책 후 긴 배고픔을 느낀 노빈손은 주방으로 향했다. 그러나 주방에 도착한 노빈손을 맞은 것은 귓가로 들려오는 우렁찬 고함소리였다.

"네 이놈, 또 접시에서 네놈의 구레나룻이 나왔잖느냐! 이렇게 길고 구불구불한 털은 네놈의 구레나룻밖에 없어! 오늘에야말로 그 지긋지긋한 걸 밀어 버려야겠다!"

"주방장님, 구레나룻은 안 돼요! 한 번만 봐주세요!"

노빈손은 창문을 통해서 주방 안을 슬쩍 들여다보았다. 그러자 덩치 큰 주방장이 한 소년의 구레나룻을 잡초 뽑듯 당기고 있는 모습이 눈에 들어왔다. 흑발의 소년은 울먹이며 소심하게 저항하고 있었다.

소년은 체구가 무척 작고 비리비리했다. 한 중학생 나이쯤 되었을까? 볼에 콕콕 박힌 주근깨를 빼고는 얼굴도 지극히 평범했다. 길게 기른 구레나룻이 유독 눈에 띄었

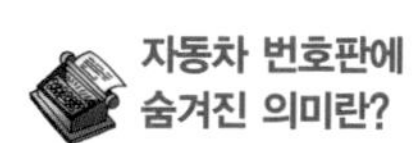

자동차 번호판에 숨겨진 의미란?

우리나라의 차들에는 '서울4 퍼 3151' '경기99 사3105' 등의 번호판이 달려 있다. 이 번호판의 문구들은 대체 어떤 의미일까? 먼저 맨 처음에 오는 '서울, 경기, 충북' 등은 자동차가 등록된 지역을 뜻한다. 지역 옆에 오는 숫자는 차의 종류를 가리키는데, 승용차, 승합차, 화물차, 특수차로 나뉘어 번호를 부여받는다. 다음에 오는 한글은 개인 승용차와 업무용 차를 구분해 주는 역할을 한다. 맨 마지막의 네 자리 숫자는 자동차 식별을 위해 부여된 일련번호이다.

★★★★★★★★★★★★★★★★

다. 노빈손은 쥐 잡듯이 잡히는 소년의 모습이 안쓰러웠다.

"흠흠."

"아이고, 뭐 필요하신 거 있으십니까?"

노빈손이 헛기침을 하며 등장하자, 주방장은 깜짝 놀라 손에서 힘을 풀었다. 노빈손은 소년을 위해 거짓말을 했다.

"아, 권투 경기 중계를 듣다 보니 배가 출출해서요. 다른 동료들도 주방장님에게 주문하고 싶은 요리가 있다고 하던데, 잠깐 방으로 와 주실 수 있나요?"

"물론이죠, 당장 가겠습니다."

주방장은 소년을 힐끗 노려본 후 쏜살같이 달려나갔다. 노빈손은 바닥에 나뒹구는 소년에게 다가가 손을 내밀며 물었다.

"괜찮아?"

"네. 괜찮아요. 제 생명을 구해 주셔서 감사합니다."

노빈손의 손을 잡고 일어선 소년은 정중하게 감사를 표했다. 노빈손은 손을 휘휘 내저었다.

"별거 아니야. 생명을 구하다니, 설마 주방장님이 너를 죽이기야 했겠어?"

"하지만 이 구레나룻이 바로 제 생명인걸요."

더할 나위 없이 진지한 말투였다. 소년은 앞치마 주머니에서 빗을 꺼내 멋대로 뻗친 구레나룻을 곱게 정돈하기 시작했다. 그 모습을 본 노빈손이 식은땀을 흘렸다.

'하하··· 특이한 애네. 혹시 구레나룻에 물도 주는 거 아냐?'

노빈손은 다소 황당한 웃음을 지으며 소년을 뒤로한 채 주방을 빠져나왔다.

정체가 들통나다

"야, 노빈손."

뜨거운 오후의 햇살 아래, 서라는 보초는 안 서고 꾸벅꾸벅 졸고 있던 노빈손은 갱의 목소리에 화들짝 놀라 잠에서 깼다. 갱은 엘리엇이 준 꾀죄죄한 아저씨 양복을 입고 선 노빈손을 보며 쯧 하고 혀를 찼다.

"너 옷 꼴이 그게 뭐냐?"

"네?"

"갱은 폼에 살고 폼에 죽는 거야, 인마! 오늘은 한가하니까, 가서 양복 좀 쫙 빼입고 와. 얘가 양복점까지 안내해 줄 거다."

갱이 가리키는 곳을 쳐다보니 어제 주방에서 마주친 소년이 서 있었다.

"어? 너는?"

"아, 전 브래드라고 해요."

브래드가 수줍게 구레나룻을 쓰다듬으며 말했다.

구레나룻을 기른 스타, 엘비스 프레슬리

엘비스 프레슬리(1935~1977년)는 20세기 미국을 대표하는 가수이다. 흑인 음악과 백인 음악을 조화시킨 엘비스는 세계적으로 선풍적인 인기를 끌었으며 '로큰롤의 제왕'이라고 불렸다. 구레나룻을 기른 채 다리를 흔들며 노래하는 그의 모습은 당시 기성세대들의 반감을 샀지만 젊은 세대들의 반응은 열광적이었고, 그의 노래와 패션은 하나의 문화 아이콘이 되었다. 그 때문인지, 엘비스가 죽은 지 37년이 지난 지금도 엘비스가 아직 살아 있다는 의혹들이 일각에서 제기되곤 한다.

★★★★★★★★★★★★★★★★

노빈손과 브래드는 함께 시내로 나섰다. 노빈손은 마음에 쏙 드는 양복을 '팔 다리가 짧아서 천이 덜 든다'는 이유로 파격할인을 받고 맞췄다. 브래드는 주방장의 심부름으로 감자를 잔뜩 샀다. 그 감자를 나누어 든 노빈손은 유난히 사람들로 북적거리는 거리를 두리번거렸다.

"왠지 거리가 묘하게 들떠 보이네. 무슨 축제라도 열리나?"

"축제요? 아, 그러고 보니 곧 시장 선거가 있죠."

그제야 노빈손은 거리 벽마다 빼곡하게 붙어 있던 종이들이 선거 관련 홍보지였음을 깨달았다. 잘 들어 보니 거리의 사람들이 나누는 대화들도 온통 선거에 관한 것이었다.

'히히. 선거 전 풍경은 어느 나라나 다 똑같구나.'

노빈손이 그렇게 생각하고 있을 때, 갑자기 어디선가 사람들의 이목을 일제히 집중시키는 우렁찬 구호 소리가 들려왔다.

"술집을 부수자!"

"술병은 깨 버리자!"

"불법 술집, 불법 술! 몰아내자, 몰아내자!"

한 무리의 여성들이 파괴적인 문구를 외치며 보폭을 맞춰 걸어오고 있었다. 챙이 넓은 모자와 긴 드레스를 정숙하게 갖춰 입은 숙녀들이었지만, 손마다 서슬 퍼런

금주법과 청교도

미국에서 금주법이 시행될 수 있었던 큰 이유 중 하나는 미국이 청교도의 나라였기 때문이다. 청교도는 칼뱅주의 계열의 개신교를 가리키는 말로, 미국은 종교의 자유를 찾아 고향을 떠나온 영국 청교도들이 세운 나라다. 청교도들은 금욕적인 생활을 하는 것으로 유명하며, 자신의 욕망을 절제하는 성실한 생활을 통해 삶의 보람을 찾고자 한다.

★★★★★★★★★★★★★★★

도끼를 들고 있었다. 불법 술과 술집을 발견하면 가만 있지 않겠다는 의지의 표시였다.

"우왓, 완전 터프하시네!"

저도 모르게 감탄사를 내뱉던 노빈손은 그 무리 속에 있는 여성 한 명과 눈이 딱 마주쳤다. 그녀가 번개 같은 속도로 노빈손과 브래드를 향해 다가왔다.

"너희들, 웬 감자를 이렇게 많이 샀니? 요즘 감자를 발효시킨 알코올로 불법 술을 만드는 사람이 많다던데, 너희들도 혹시?"

순간 그녀의 손에 들린 도끼에 햇빛이 반사되어 번쩍하고 빛났다. 노빈손과 브래드가 기겁을 했다.

"아니에요! 이건 그냥 요리용이에요. 그러니까 도… 도끼 좀 치워 주실래요?"

노빈손의 떨리는 목소리를 들은 그녀는 도끼로 입을 가리며 수줍게 호호 웃었다.

"무서워하기는. 우리 WCTU(여성 금주 연맹)는 술은 해쳐도 사람은 해치지 않아. 그저 불법 술과 술집을 몰아내고 싶어서 거리에 나왔을 뿐이야."

"맞아. 여자들은 더 이상 집에서 빨래만 하거나 아이만 돌보는 존재가 아니라고. 우리가 뭉쳐서 사회에 목소리를 내야 해. 몇 년 전 투표권을 얻어 낼 때 그랬던 것처럼!"

어느새 근처로 다가온 다른 여성들도 맞장구를 쳤다.

"아이고, 여성 금주 연맹 여러분! 안녕하십니까."

최신형 포드 자동차 한 대가 노빈손과 여성들 무리 앞에 멈추어 섰다. 유리창으로 고개를 내밀고 인사를 건넨 남자는 바로 시장 후보 중 하나인 톰슨이었다. 그는 차 밖으로 내리더니 침을 튀겨 가며 묻지도 않은 말을 내뱉기 시작했다.

"오늘도 술집 몰아내기 캠페인을 하고 계시는군요. 정말 수고가 많으십니다. 하지만 걱정하실 거 없습니다. 제가 시장이 되면 다시는 시카고에서 불법 술이 보이지 않을 테니까요. 헤헤헤헤."

이미 자신이 시장이기라도 한 것처럼 거만한 태도였다. 남자의 침을 얼굴에 고스란히 맞은 노빈손은 인상을 찌푸렸다. 한 여성이 톰슨 후보에게 물었다.

"그게 정말이신가요? 그럼, 지금 시카고 시내에 넘치고 있는 불

법 술들을 대체 어떤 방법으로 없애실 생각이죠? 구체적으로 방법을 설명해 주세요."

그녀가 날카롭게 질문하자, 의기양양하던 톰슨 후보는 갑자기 말을 더듬기 시작했다.

"그… 이 모든 건 영국 국왕인 조지 5세의 음모가 아니겠습니까? 영국이 함대를 파견해서 우리나라에 위스키를 몰래 들여오고 있으니까요. 그러니까 조지 5세를 외교적으로 압박해서……."

'무슨 소리야. 갱들이 불법 술을 만들어 판다는 건 온 세상이 다 아는 사실인데…….'

어이가 없어진 노빈손은 톰슨 후보를 이리저리 훑어보다가, 그가 타고 온 자동차 번호판을 쳐다보았다.

뜻밖에도 낯익은 번호였다.

'어, 저건 어제 내가 알까보이네 저택에서 본 번호판이잖아. 시장 후보가 왜 야심한 시간에 알까보이네를 만나러 온 거지? 빨리 엘리엇에게 이 사실을 알려야겠다.'

노빈손이 그렇게 결심했을 때였다.

갑자기 브래드가 노빈손의 손을 덥석 부여잡았다. 그러고는 이유도 알려 주지 않은 채 노빈손을 끌고서 무작정 뛰기 시작했다.

"헉헉, 브래드, 너 왜 그래?"

'도끼의 여왕' 캐리 네이션

첫 남편을 알코올 중독으로 잃은 캐리 네이션(1846~1911년)은 술에 대한 강한 혐오감을 가지고 있었다. 기독교 여성 금주회에 가입한 캐리는 술집들을 습격하여 도끼로 때려 부수는 등 과격한 금주 운동을 벌였다. 키가 180cm에 육박했던 그녀가 도끼를 휘두르면 술집 주인들은 놀라 도망치기 일쑤였다. 캐리는 기물 파손죄로 30번 이상 감옥에 갔지만 굴하지 않고 금주 운동을 계속했다. 1920년 금주법이 시행된 데에는 그녀의 역할이 컸다.

브래드가 멈추어 선 곳은 인적이 없는 어느 으슥한 골목이었다. 브래드는 혹시 사람이 없는지 사방을 꼼꼼히 살핀 후에야 조심스레 입을 열었다.

"저기… 그게요, 아저씨… 손등의 문신이……."

브래드는 노빈손의 왼쪽 손등을 가리켰다. 확인해 보니, 손등에서 검은색 잉크가 뚝뚝 떨어져 내리고 있었다. 깜짝 놀란 노빈손은 재빨리 손을 뒤로 감추었지만, 얼굴에 묻어난 당혹과 경악까지 숨길 수는 없었다.

'오 마이 갓! 문신 안 새기면 갱단에 못 들어간다고 해서 대충 잉크로 그려 두었는데… 그게 땀에 녹아내리다니!'

노빈손은 울고 싶은 심정으로 말도 안 되는 변명을 했다.

"하하하. 아니 세상에! 요즘 문신은 지워지기도 하나 봐. 최신 기술인가?"

하지만 노빈손에게 돌아온 것은 브래드의 미심쩍은 눈초리뿐이었다. 두 사람 사이에 참을 수 없이 어색한 침묵이 이어졌다.

브래드가 먼저 정적을 깨뜨리고 입을 열었다.

"사실… 어제 주방에서 절 도와주실 때부터 좀 이상하다고 생각했어요. 갱이 왜 저 같은 걸 도와주겠어요. 게다가 오늘도 시장에서 이것저것 먹을 것을 사 주시고 친절하게 대해 주셨죠? 갱들은 절대 안 그래요. 아저씨, 사실 갱이 아니죠?"

브래드의 진지한 물음에 뭐라 대답할 말을 찾지 못하던 노빈손의 머릿속에 엘리엇의 말이 떠올랐다.

'절대로 네 신분을 들켜서는 안 돼! 밝혀서도 안 되고!'

그렇게 신신당부한 엘리엇은 차분하게 가라앉은 목소리로 덧붙였다.

'단, 위급 상황에서는 네 감을 믿고 행동해라.'

지금 이게 과연 위급 상황일까? 잠시 고민하던 노빈손은 자신의 감을 믿기로 했다.

"그래, 맞아. 난 사실 갱이 아니라 연방수사국 비밀요원이야."

오랜 여행으로 단련된 노빈손의 감은 브래드가 믿을 만한 사람이라고 말하고 있었다. 브래드는 평소보다 세 배는 커진 동공으로 노빈손을 쳐다보다가 탄성을 내뱉었다. 하지만 그것은 단순히 놀라서 지르는 탄성이 아니었다.

"이거 완전 영화 같은 이야기잖아. 연방수사국 비밀요원이라니. 배우가 되면 꼭 연기하고 싶은 역할이야!"

브래드의 눈이 초롱초롱 빛났다. 그 예상치 못한 반응에 노빈손은 "엥?" 하는 소리를 냈다.

"영화는 무슨, 무일푼 비밀요원 신세가 얼마나 처량한데. 그런데 너 배우가 되고 싶어?"

노빈손이 묻자 브래드가 빠른 템포로 격렬하게 고개를 끄덕였다. 시종일관 소심해

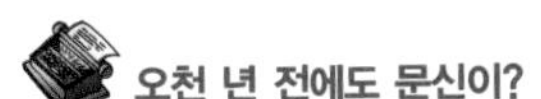

1991년 10월, 기원전 3300년경에 죽은 것으로 추측되는 한 사냥꾼의 시신이 알프스에서 발견되었다. 재밌는 것은 이 사냥꾼의 몸에 모두 58개의 문신이 새겨져 있었다는 것이다. 이를 통해 약 5천 년 전부터 몸에 문신을 하는 문화가 있었다는 사실을 알 수 있다. 고대인들은 전쟁에서의 승리를 기념하거나, 자신의 남성성 · 여성성을 강조하기 위해 문신을 했을 것으로 추측된다.

보이던 브래드에게서 처음 발견하는 적극적인 모습이었다.

"맞아요. 비웃음을 살까 봐 남들에게 이야기한 적은 없지만, 오래전부터 배우가 꿈이었어요. 알까보이네 저택에서 일하는 것도 할리우드로 떠날 여비를 마련하기 위해서예요."

"그럼 혹시 구레나룻도?"

"네. 전 얼굴이 평범하니까 화려한 배우들 사이에서 튀어 보이려면 뭔가 개성이 있어야 하잖아요. 그래서 구레나룻을 기르는 거예요. 두고 보세요. 언젠가는 이 구레나룻이 대유행이 될 거예요."

주먹을 불끈 쥐고 말하던 브래드는 갑자기 목소리를 낮추었다.

"그렇지만 제가 이런 생각을 하고 있다는 건 주방장님께는 비밀이에요. 구레나룻이 저희 가문의 전통이라고 둘러댔거든요."

"좋아. 그럼 이제 서로의 비밀을 알았네. 내 이름은 노빈손이야. 편하게 노빈손이라고 불러. 난 아저씨라 불릴 나이가 아니라고!"

노빈손이 강조하듯 말하자, 브래드는 마음이 놓였는지 유쾌하게 웃으며 말했다.

"좋아요. 노빈손이라니 멋진 이름이네요. 저도 할리우드에 가면 이름을 바꾸려고요. 브래드(빵이라는 뜻)는 너무 요리사 같은 이름이잖아요."

"왜? 좋은 이름인데! 성은 뭐야?"

"피트예요."

"그럼 이름이 브래드 피트야?"

"네."

"그 이름 절대 바꾸지 마. 배우로 대성할 이름이야."

노빈손이 키득대며 말하자, 브래드는 영문을 모르겠다는 표정을 지었다.

"브래드, 아무리 돈이 필요했다지만 갱들의 저택에서 일하다니 대단하다. 알까보이네가 무섭지도 않아?"

"그야 무섭죠. 하지만 가까이 있다 보면 갱도 약점을 가진 인간이라는 걸 알게 되거든요."

그렇게 말한 브래드는 웃음을 참을 수 없다는 듯 입술을 실룩대었다.

"알까보이네는 말이죠, 수영을 못해요. 예전에 알까보이네가 발을 헛디뎌 저택 수영장에 빠진 적이 있었는데요, 물이 허리밖에 안 오는데도 '나 죽는다'면서 발버둥을 치더라고요. 결국 부하들이 물에서 끌어올렸는데, 얼굴은 새파랗게 질린 채로 자기가 수영 못하는 걸 소문내면 죽여 버리겠다며 어찌나 엄포를 놓던지……. 카리스마 넘치는 알까보이네가 그렇게 우스워 보인 건 그때가 처음이었어요."

"뭐? 정말?"

노빈손도 육중한 알까보이네가 물속에서 허우적거리는 모습을 상상하니 절로 웃

할리우드의 탄생 비화

할리우드는 미국 로스앤젤레스에 있는 지역으로 미국 영화의 중심지다. 1910년대만 해도 영화 산업의 중심지는 뉴욕과 시카고였다. 하지만 뉴욕과 시카고의 날씨가 변덕스러운 탓에 영화 촬영에 애를 먹던 영화 제작자들은 로스앤젤레스를 발견했다. 당시만 해도 로스앤젤레스는 개발되지 않은 농촌 마을에 불과했지만, 사계절 내내 맑은 기후를 가지고 있어 야외 촬영에 적합했다. 로스앤젤레스로 근거지를 옮긴 영화 제작자들은 악천후로 인한 중단 없이 영화를 찍을 수 있었고, 그 덕에 영화 제작 비용이 많이 절감되었다.

음이 나왔다.

둘이 함께 저택으로 걸어오는 동안 브래드는 알까보이네 저택에서 일하면서 겪은 갱들의 이야기를 들려주었다. 사방이 적으로 가득 찬 곳에서 든든한 아군을 얻은 노빈손은 마음이 풍족해졌다.

꿈틀대는 음모

밤늦은 시각이었지만, 엘리엇은 잠들지 못한 채 벽에 걸린 지도만을 계속 바라보고 있었다. 거의 지도를 뚫어 버릴 기세의 눈빛이었다.

"젠장, 모르겠어! 모르겠다고!"

엘리엇이 버럭 외치며 머리를 감싸 쥐었다. 그때 보고하러 돌아온 노빈손이 문을 벌컥 열고 고개를 들이밀었다.

"뭘 그렇게 모르시겠어요? 머리에서 비듬 떨어지겠네요."

"윽, 이 녀석아! 기척 좀 해라!"

노빈손이 불쑥 나타나자, 엘리엇은 반가운 표정을 지으면서도 괜스레 타박을 주었다.

"어쨌든, 잘 왔어. 이것 좀 봐라."

엘리엇이 노빈손에게 다짜고짜 내민 건 작은 쪽지 한 장이었다. 그 쪽지에는 이렇게 쓰여 있었다.

펜실베이니아, 매사추세츠, 사우스캐롤라이나,

조지아델라웨어버지니아메릴랜드

노빈손이 고개를 갸우뚱했다.

"엥? 이건 미국 주들 이름이잖아요? 여행 가시게요?"

"여행은 무슨! 이건 우리가 입수한 알까보이네 갱단의 전보야. 이 안에는 이번 달에 있을 술 밀거래 날짜와 장소가 들어 있어. 그런데 보다시피 이렇게 수수께끼 같은 암호로 되어 있어서, 이걸 푸느라 머리가 너처럼 탈모가 될 지경이라 이 말씀이야."

"제 머린 탈모 아니거든요?"

노빈손은 입을 삐쭉 내밀며 엘리엇이 벽에 걸어 놓은 미국 지도를 바라보았다. 전보에 나와 있는 주의 이름 위에 커다란 동그라미가 쳐져 있었다. 펜실베이니아, 매사추세츠, 사우스캐롤라이나, 조지아, 델라웨어, 버지니아, 메릴랜드. 총 일곱 주였다.

노빈손은 그 지도를 빤히 바라보다가 무심결에 이렇게 중얼거렸다.

"으음. 이때는 미국의 주가 48개였구나. 아직 알래스카도 없고."

"알래스카가 미국의 주가 된다고? 그게 무슨 남극 펭귄이 사우나 하는 소리야?"

엘리엇이 핀잔을 주자 노빈손이 히히 웃었다.

"글쎄요? 세상일은 모르죠. 이 넓은 미국도 처음 만들어질 때는 주가 몇 개 없었잖아요."

"하긴 그래. 미합중국이 맨 처음 세워질 때는 주가 열세 개뿐이었지. 그래서 성조기의 별도 열세 개였고."

엘리엇은 팔짱을 낀 채로 고개를 끄덕이며 말했다. 그 순간, 엘리엇의 머릿속에 번뜩이는 영감이 번개처럼 내리꽂혔다.

"잠깐만. 이 쪽지에 나와 있는 주들은, 전부 그 최초의 열세 주에 속하잖아?"

"정말요? 그렇다면…! 엘리엇, 그 주들의 성립 순서가 어떻게 되죠?"

노빈손이 무언가 단서를 잡았다는 듯 눈을 크게 뜨고 물었다. 엘리엇은 종이에 열세 개의 도시를 성립 순서대로 적었다.

버지니아, 매사추세츠, 뉴햄프셔, 메릴랜드, 코네티컷, 로드아일랜드, 델라웨어, 노스캐롤라이나, 사우스캐롤라이나, 뉴저지, 뉴욕, 펜실베이니아, 조지아

그러자 노빈손은 수수께끼를 풀었다는 듯 크게 외쳤다.

"아, 알았다! 이건 주들의 성립 순서를 이용한 암호예요! 보세요, 엘리엇. 쪽지에 적힌 주들의 성립 순서를 차례대로 적으면 이렇게 돼요."

펜실베이니아 12, 매사추세츠 2,
사우스캐롤라이나 9, 조지아델라웨
어버지니아메릴랜드 13714

"아하, 그렇다면 이건 12월 2일 9시 13714번지에서 술 거래가 있다는 뜻인가? 좋아, 이제 밀거래 현장을 잡을 수 있겠군!"

드디어 암호를 푼 엘리엇은 뛸 듯이 기뻐하며 주먹을 꽉 쥐었다. 노빈손은 그런

얼음덩이에서 복덩이로

알래스카는 원래 러시아의 영토였으나, 1867년 미국의 국무장관이었던 윌리엄 수어드가 러시아 정부로부터 720만 달러에 구입했다. 처음 수어드가 알래스카를 구입했을 때, 미국 국민들은 얼음덩이에 쓸데없이 돈을 낭비한다며 비난했다. 하지만 얼마 가지 않아 알래스카에 엄청난 규모의 석유와 천연자원이 매장되어 있는 것이 발견되자 수어드는 영웅이 되었다.

엘리엇을 보며 어깨를 으쓱했다.

"아직 세상을 다 가진 듯 기뻐하긴 일러요. 제가 엄청난 정보를 하나 가져왔거든요."

"뭐? 뭔데 그래?"

"아~ 알려 줄까 말까~."

괜스레 뜸을 들이던 노빈손은 엘리엇의 우악스런 손이 자신의 목 근처로 다가오는 것을 보고서야 잽싸게 입을 열었다.

"시장 후보인 톰슨 아시죠? 그 후보가 밤중에 저택으로 와서 몰래 알까보이네와 만났어요."

"뭐? 톰슨, 별다른 일도 없으면서 괜스레 우리 수사국을 자주 기웃거리는 게 마음에 안 들었는데 당장 조사해 봐야겠군. 뭔가 수상한 냄새가 나."

코를 킁킁거리며 말하던 엘리엇이 갑자기 '윽' 하고 신음 소리를 냈다.

"잠깐, 진짜 냄새가 나잖아? 이건 설마……."

엘리엇은 냄새의 근원인 노빈손을 날카로운 눈초리로 바라보았다. 그러자 노빈손이 새로 그린 가짜 문신을 내밀며 수줍게 말했다.

"실은 제가 요새 문신이 지워질까 봐 씻지를 않고 있어서……."

"윽, 이 녀석이……. 사무실에 냄새 밸라! 빨리 나가!"

엘리엇이 노빈손의 엉덩이를 뻥 걷어찼다.

"으악! 좋은 정보도 줬는데 칭찬은 못할망정 이렇게 폭력을 휘두르시면 경찰에 신고할 거예요!"

"내가 바로 그 경찰이거든? 빨리 가!"

겨우 노빈손을 내쫓은 엘리엇은 뒤늦게 머리를 긁적이며 생각했다.

"흠, 내가 좀 너무했나? 저렇게 열심히 일하는 녀석인데, 선물이라도 해 줘야겠군. 정성이 들어간 거여야 할 텐데, 뭐가 좋으려나……."

같은 시각, 으슥한 지하 바에서는 알까보이네와 톰슨 후보가 은밀하게 이야기를 나누고 있었다. 알까보이네가 말했다.

"톰슨, 수고했네. 자네 덕분에 요새 일하는 게 아주 편해졌어. 자네가 아니었다면 주제를 모르고 설치는 엘리엇 놈 때문에 골치가 아팠겠지."

"하하, 수고는 뭘요. 사실 엘리엇 그자가 얼마나 깐깐한지, 미리 습격 정보를 빼내는 데 좀 고생을 했습니다. 하지만 알까보이네 님을 위해 제가 그 정도는 해야죠."

그렇게 대답한 톰슨은 요리조리 눈치를 보더니 다시 입을 열었다.

"그런데 알까보이네 님을 못 믿는 건 아닙니다만, 저를 100% 시장에 당선시켜 주겠다는 약속은 확실한 것인지요? 사람들

성조기의 별 변천사

1776년 당시 미국 국기인 성조기의 별은 13개였다. 그 후로 주의 수가 늘면서, 1912~1959년에는 별의 개수가 48개로 늘었고 하와이가 연방주에 가입한 1960년에는 50개가 되었다. 현재 미국 국기인 성조기는 붉고 흰 13개의 줄과 50개의 하얀 별로 구성되어 있다. 13개의 줄은 초기 미국에 가입한 13개의 주를 의미하며, 50개의 별은 오늘날 미국 주의 개수를 뜻한다.

이 반대편 후보가 당선될 거라고 하도 떠들어 대서 말입니다."

알까보이네는 코로 하얀 시가 연기를 뿜어 내며 자신만만하게 웃었다.

"염려 말라니까. 내가 확실하게 손을 써 둘 것이니. 잘 알지 않나? 이 시카고에서 내 뜻대로 되지 않는 일 따윈 하나도 없다는 걸 말이야. 으하하하."

부정 선거를 막아라

"야, 빨리 나와! 급하단 말야."

"새치기하지 마! 난 삼십 분 전부터 기다렸어."

시카고 시장 선거 날 아침이었다.

잠에서 깬 노빈손이 눈을 비비며 방 밖으로 나오자, 알까보이네 저택이 난리법석이었다. 저택의 갱들은 모두 인생의 희로애락이 응축된 표정으로 너도나도 화장실 문을 두드리고 있었다.

"엥? 이게 무슨 일이지?"

노빈손이 영문을 몰라 주위를 두리번거리고 있자니, 화장실 앞에서 엉거주춤한 포즈로 서 있던 한 갱이 손에 든 신문지를 구기며 늑대처럼 포효했다.

"그 쿠키는 대체 누가 보낸 거야! 잡히기만 해 봐라! 가만두지 않겠어!"

어젯밤 일이다. 노빈손이 브래드의 연기 연습을 봐 주려고 자리를 비운 동안, 알까보이네 저택에는 의문의 소포 하나가 도착했다. 그 소포 안에는 무시무시한 양의 초코칩 쿠키와 함께 한 장의 쪽지가 들어 있었다.

'내가 직접 구운 거다. 하나도 남김 없이 먹어!'

받는 사람이 소포에 써 있지 않았기 때문에 갱들은 소포의 주인이 누구인가를 두고 말다툼을 벌였다.

"야, 이건 내 소포야. 날 짝사랑하는 리브 거리 카페의 제인이 보낸 거라니까. 이 터프한 말투는 분명 그녀라고!"

"뭐? 아니야. 이건 양복집 메리가 나한테 보낸 거야. 저번에 양복 맞추러 갔을 때 날 바라보던 메리의 그 끈적끈적한 눈빛을 못 봤냐?"

결국 소포의 임자를 찾지 못한 갱들은 다함께 쿠키를 나누어 먹었다. 맛은 무척이나 이상했지만, 자신을 짝사랑하는 상대가 쿠키를 보냈다고 믿은 갱들은 하나라도 더 먹으려고 성화였다.

식탁 위에 남아 있던 쿠키의 잔해와 쪽지를 본 노빈손은 진실을 알아차렸다.

'이 말투랑 글씨체는… 엘리엇이잖아! 갱들에게 의심을 살까 봐 받는 사람에 내

담배가 몸에 좋다고?

담배는 가지과에 속하는 식물로 남아메리카에서 많이 생산된다. 아메리카 인디언들은 담뱃잎을 말아 피우면 병이 치료되고, 몸이 신성해진다고 믿었다. 1924년 콜럼버스가 아메리카에 상륙한 후, 담배는 유럽에 전파되어 아주 진귀한 약재로 여겨졌다. 담배가 몸에 미치는 해악이 널리 알려진 것은 비교적 최근의 일이다. 심지어 1920년대의 담배회사들은 "담배는 구강을 살균하는 효과를 가지고 있다" "담배는 최고의 신경안정제다"라는 등 의학적으로 검증되지 않은 선전을 일삼을 정도였다.

★★★★★★★★★★★★★★★★

이름을 안 쓰고 그냥 보낸 것 같은데……. 근데 엘리엇, 대체 쿠키에 뭘 넣은 거예요?'

노빈손을 위해 나름 성의를 다해 만들었지만, 엘리엇은 본래 베이킹 소다와 소금도 구분 못하는 남자였다. 그런 엘리엇이 손수 만든 쿠키를 먹은 갱들이 다음 날 속이 멀쩡한 리 없었다.

노빈손이 난감한 표정을 짓고 있는데 갑자기 누군가가 문을 벌컥 열고 안으로 들어왔다. 갱 중에서 행동대장을 맡고 있는 '공포의 왕발'이었다.

"뭐야, 너희들 상태가 다 왜 이래? 오늘이 중요한 날인 거 잊었어?"

주변의 처참한 풍경을 본 그는 미간에 잔뜩 주름을 잡으며 버럭 거렸다. 하지만 연신 '화장실!'을 부르짖는 처절한 갱들의 귓가에 그런 말이 들릴 리 만무했다.

공포의 왕발은 '쯧' 하고 혀를 찬 후 눈을 굴렸다. 방으로 살금살금 다시 올라가려던 노빈손이 그의 시선에 포착되었다.

"야, 노빈손!"

"윽."

"넌 멀쩡해 보이네? 나 원 참, 한 명 살아남은 게 신참뿐이라니……. 뭐, 어쩔 수 없지. 마당에 있는 차에 타라. 아, 그리고 차 뒤쪽에 타자기도 한 대 실어 놔."

명령대로 낑낑대며 타자기를 싣던 노빈손은 차 뒤쪽에 놓인 네모난 물체를 보았다. 물체 위에는 검은 천이 덮혀 있었다.

'이게 뭐지?'

슬쩍 그 천을 벗겨 보려는 찰나, 앞자리에 앉은 왕발이 노빈손을 불렀다.

"야, 얼른 타!"

노빈손은 새빨리 조수석에 탑승했다.

자동차는 선거로 혼잡한 시카고 시내를 빠져나가 한참이나 멈출 줄을 모르고 달렸다. 노빈손은 대체 어디로 가는 거냐고 묻

타자기가 뭐지?

타자기는 손가락으로 글자판 키를 눌러 종이에 글자를 찍는 기계를 뜻한다. 타자기는 1714년 영국에서 최초로 특허를 받았으나, 1867년 신문 편집자인 C.L. 숄즈에 의해 상업적으로 널리 쓰이게 되었다. 한글 타자기는 1914년 처음 고안되어, 1950년에 가로읽기 세벌식 한글 타자기가 제작 · 보급되었다.

★★★★★★★★★★★★★★★★★

고 싶었지만 옆자리 갱의 심기가 불편해 보여 쉽사리 말을 꺼낼 수 없었다. 결국 노빈손은 다른 수를 짜냈다.

"저… 공포의 왕족발… 아니, 공포의 왕발님이시죠? 저 같은 신참이 이런 굉장한 분과 같은 차에 타게 되다니, 이것 참 영광이네요."

노빈손은 갱들에게 주워 들은 남자의 별명을 말하며 그를 한껏 추켜세웠다. 달랑 신참 한 명과 계획을 실행하게 되어 기분이 언짢았던 공포의 왕발은 저도 모르게 얼굴을 폈다.

"영광일 거까지야, 짜식. 어디서 내 이야기를 좀 들은 모양이네?"

"물론이죠. 저번 마피아 전쟁 때 세븐 루치아노를 이단 옆차기로 날려 버리셨다면서요?"

"아니야, 그건 삼단 옆차기였어."

왕발은 신이 나서 자신의 무용담을 늘어놓기 시작했다.

그러는 동안 차는 곧게 뻗은 고속도로를 지나 구불구불한 협곡으로 들어섰다. 연신 맞장구를 쳐 주며 왕발의 이야기를 듣고 있던 노빈손은 때를 노려 왕발에게 물었다.

"그런데, 저희 지금 어디 가는 거예요?"

"아, 말 안 했었나? 시장 선거가 끝나면 투표함을 실은 차가 워싱턴으로 향하잖아. 우린 인적 드문 길로 앞질러 가서 기다리고 있다가, 그 차를 들이박고서 투표함을 바꿔치기할 거야. 아까 차 뒤에 실린 가짜 투표함 봤지? 검은 천으로 덮여 있는 거 말야."

노빈손은 왕발이 털어놓은 무시무시한 계획에 어안이 벙벙해졌다.

'아니, 그게 선거함이었어? 선거함을 뒤바꾼다니 이 무슨……! 그래! 알까보이네가 톰슨 후보랑 만난 이유가 바로 이것 때문이었구나!'

알까보이네를 감시하는 것이 노빈손의 임무이기는 하지만, 이런 범죄 행위를 눈앞에서 보고도 놔둘 수는 없었다.

'어떻게든 공포의 왕발을 막아야 돼! 하지만 어떻게?'

이 상황을 막을 방법을 찾기 위해 머리의 모터를 빠르게 회전시키던 노빈손은, '윽' 하는 신음을 흘리며 곤란한 표정으로 공포의 왕발을 쳐다보았다.

"저…오줌이 마려운데요……."

"뭐? 잠깐 세워 줄 테니, 빨리 해결하고 와."

공포의 왕발이 길가에 차를 세웠다. 차 밖으로 나간 노빈손은 볼일을 보는 척하면서 주머니를 뒤적거렸다. 갱들에게 지급받은 잭나이프가 손끝에 잡혔다. 노빈손은 그 칼로 자동차의 타이어를 긁어 조금 찢어 놓은 후, 아무 일도 없었다는 표정으로 다시 차에 올라탔다.

잠시 후 타이어에 바람이 빠진 자동차가

실제로 갱들은 선거에 관여했을까?

1928년 알 카포네의 뒤를 봐주던 정치인 윌리엄 톰슨은 공화당 대통령 예비선거에 출마한다. 이때 알 카포네는 윌리엄 톰슨을 당선시키기 위해 수단과 방법을 가리지 않았다. 유권자를 협박·회유했을 뿐만 아니라, 투표함 바꿔치기, 선거관리인 납치 등의 온갖 끔찍한 짓을 저질렀다. 심지어 선거운동 기간에 수십 개의 폭탄까지 터졌다. 하지만 알 카포네의 노력에도 불구하고, 시민들의 현명한 결정 덕에 톰슨은 이 선거에서 낙선하고 만다.

★★★★★★★★★★★★★★★★★

덜컹거리기 시작하자, 공포의 왕발은 투덜거리며 차를 멈춰 세웠다. 차에서 내린 그가 쯧 하고 혀를 찼다.

"젠장, 타이어에 펑크 났잖아. 갈 길이 급한데."

그는 두 팔을 걷어붙이고 타이어를 이리저리 살펴보기 시작했다.

'이때다!'

왕발이 타이어에 정신이 팔린 틈을 타 몰래 차의 뒤편으로 달려간 노빈손은, 검은 천으로 둘둘 싸인 위조 투표함을 꺼내 들고서 바로 옆 절벽으로 던져 버렸다.

'후우, 좋았어!'

노빈손이 안도의 한숨을 쉬고 있을 때였다. 왕발이 차 뒤편으로 걸어왔다.

"펜치가 여기쯤 있을 텐데… 어, 뭐야? 투표함 어디 갔어?"

수리 도구를 찾기 위해 두리번거리던 왕발은 차에 실어 놓았던 투표함이 사라진 것을 발견했다. 경악에 이어 분노에 찬 시선이 노빈손에게 내리꽂혔다.

"너 이 자식, 대체 무슨 짓을 한 거냐?"

"어… 그…그게……."

하지만 노빈손이 할 말이 있을 리 만무했다. 노빈손은 무작정 36계 줄행랑을 치려 했지만, 왕발이 한발 빠르게 차의 뒷좌석으로 손을 뻗었다.

"너 이 자식! 타자기로 벌집을 만들어 주마……. 으잉?"

뒷좌석에는 노빈손이 가져다 놓은 타자기가 얌전히 실려 있었다. 그것을 집어든 공포의 왕발은 이루 말할 수 없이 황당한 표정이 되었다.

"아니… 이 자식……. 진짜 타자기를 실어 놨잖아?"

"아까 타자기를 실어 놓으라고 하셨잖아요."

도망가려던 노빈손이 순진하게 말하자 왕발은 분노로 몸을 부들부들 떨었다.

갱들이 말하는 '타자기'는 1분 동안 무려 800발을 내뿜는 무시

무시한 기관총인 '톰슨 머신 건'이었다. 총알이 발사될 때 나는 소리가 타자기 치는 소리와 비슷했기 때문에 사람들은 이 총을 '시카고 타자기'라고 불렀다. 하지만 노빈손이 그런 사실을 어찌 알았으랴.

열을 받을 대로 받은 왕발은 노빈손의 머리를 향해 육중한 타자기를 힘껏 집어던졌다.

"크아아아악!"

"헉, 그런 흉기를 던지시면 어떡해요."

노빈손은 가까스로 타자기를 피했다. 그러자 왕발은 품에서 소총을 꺼내 노빈손을 향해 쏘기 시작했다.

"이 대머리 자식! 죽어라!"

"우왁!"

팅! 팅!

노빈손은 잽싸게 떨어진 타자기를 주워 들어 총알을 막았다. 타자기를 방패 삼아 총알을 튕겨 내면서 뒤로 달리기 시작했지만, 총을 피하느라 앞쪽을 보지 못하고 달렸기 때문에 좀처럼 속도가 나지 않았다. 왕발도 끈질기게 노빈손을 따라왔다.

"넌 끝났어, 바보야."

얼마나 달렸을까? 성난 황소처럼 노빈손을 뒤쫓아오던 왕발이 갑자기 우뚝 멈춰

공포의 5센트, 잭 맥건

알 카포네의 부하 중 가장 유명한 인물은 잭 맥건이다. 권투 선수를 꿈꾸던 그는 1925년에 알 카포네의 휘하로 들어간다. 잭은 톰슨 머신 건을 사용하여 수많은 사람을 죽였는데, 다른 갱단 멤버를 살해할 때마다 죽은 이의 손에 5센트짜리 동전을 쥐어 주었다고 한다. 알 카포네가 가장 신뢰하는 부하 중 하나였으나 1936년에 암살당했다.

★★★★★★★★★★★★★★★

섰다. 왕발의 변화에 놀란 노빈손은 '설마…' 하며 슬쩍 뒤를 돌아보았다.

"헉! 세상에나……."

불길한 예감은 들어맞았다. 무작정 도망치던 노빈손은 어느새 낭떠러지 끝에 서 있었다. 노빈손의 얼굴이 절망으로 새하얗게 질리자, 왕발이 입꼬리를 올리며 잔인하게 웃었다.

"잘 가라!"

"말숙아! 살려 줘!"

왕발의 총이 노빈손을 겨냥했다. 총구가 불을 뿜었다. 노빈손은 타자기로 마지막 총알을 튕겨 내면서 절벽 아래로 떨어졌다.

내가 제일 잘 나가!
플래퍼의 24시 전격 탐방

안녕, 나는 1920년대 미국을 주름잡은 멋쟁이 신여성 플래퍼야. 오늘은 특별히 친구들에게 내 하루 일상을 공개하려 해. 내 일상을 보면 1920년대 미국 여성들의 삶이 이전과 어떻게 달라졌는지 속속들이 알게 될걸? 궁금하면 지금부터 날 따라오라고!

아침 8시

아침은 진한 커피 한 잔과 토스트 한 쪽으로 간소하게 먹어. 식사 후에는 입을 옷을 고르기 시작해. 오늘은 친구들과 재즈 클럽에 가기로 한 날이라, 의상에 각별히 신경을 써야 하거든. 춤을 춰야 하니 치렁치렁한 드레스나 온몸을 꽉 조이는 코르셋은 No! 깃과 소매가 없는 연두색 원피스를 입기로 결정했어. 요즘 제일 잘 나가는 프랑스 디자이너 코코 샤넬이 디자인한 이 원피스는 허리 사이즈가 넉넉해서 스윙 댄스나 찰스턴 같은 격렬한 춤을 추기에 딱 좋아.

아침 9시

직장에 출근해서 일을 시작했어. 내 직업은 타자 치는 사람, 바로 타이피스트야. 19세기부터 널리 퍼지기 시작한 타자기는 이제 각 사무실에 없어서는 안 될 필수품이 되었어. 타자기 덕에 예전보다 빠르고 효율적인 문서 작업이 가능해졌거든. 타자기를 쳐 주는 일을 하는 타이피스트는 비서와 더불어 여성들에게 가장 인기 있는 직업이야. 1차 세계대전 이후, 여성들의 사회 참여가 활발해지면서 여자들도 가정주부 외에 다양한 직업을 가지게 되었단다.

저녁 6시

얏호, 퇴근이다! 퇴근 후 친구들을 만나기 전에 미용실에 들러야 해. 일에 바빠 신경을 못 쓰는 사이 머리가 많이 길어졌거든. 이대로라면 유행에 뒤처질 테니, 어서 싹둑 잘라 버려야겠어. 요즘 멋쟁이 여성들은 다들 짧은 단발이나 커트 같은 보이시한 스타일을 선호해. 얌전해 보이는 치렁치렁한 긴 머리는 자유분방한 신여성에게는 어울리지 않거든.

미용실에 앉아서 머리를 자르고 있으니, 라디오에서 뉴욕 양키스의 경기 중계가 흘러나와. 양키스의 타자 베이브 루스가 또 홈런을 쳤나 봐. 이번 시즌에만 벌써 60개 가까운 홈런을 쳤다니. 정말 대단하네. 이번 월드 시리즈는 나도 직접 가서 관람해야겠어!

저녁 7시

요새 제일 인기 있는 재즈클럽 앞에서 친구들을 만났어. 다들 얼마나 멋을 내고 왔던지. 특히 제인은 못 본 사이에 얼굴을 새까맣게 태워 왔어. 요즘 해변 태닝이 대유행이라나?

클럽에 들어서니 내가 푹 빠져 있는 루이 암스트롱의 노래가 흘러나와. 루이 암스트롱은 허스키한 목소리를 자유자재로 구사하는데다가 빼어난 트럼펫 연주자이기도 해서 인기가 정말 폭발적이야. 난 루이 암스트롱 노래만 들으면 절로 몸이 들썩들썩한다니까. 그럼 내 춤 솜씨를 한번 뽐내 볼까?

열광적으로 춤을 추고 집에 오니 벌써 9시. 지치고 졸립지만 나는 우아하고 지적인 도시 여성 아니겠어? 피곤해도 독서를 게을리할 수 없지. 그래서 도서관에 빌려 온 스콧 피츠제럴드의 『위대한 개츠비』를 펴 들었어.

『위대한 개츠비』는 1925년에 발표된 미국 소설이야. 서부에서 동부로 온 청년 닉은 어느 날 옆집에 사는 부자인 개츠비의 사연을 알게 되지. 개츠비는 옛 연인 데이지를 만나기 위해 데이지의 집이 보이는 곳에 저택을 구입하여 매일 밤 파티를 여는 남자였어. 결국 닉의 도움으로 개츠비는 데이지와 다시 만나 사랑에 빠지게 되지만… 과연 둘의 결말은 어찌 될까? 무척 흥미로운 소설이니 꼭 직접 읽어 보도록 해. 특히 작가 피츠제럴드의 섬세한 묘사와 화려한 문체가 아주 돋보인다고.

얼마 전에 읽은 어니스트 헤밍웨이의 『무기여 잘 있거라』는 간결하고 힘 있는 문장으로 나를 감동시키더니, 피츠제럴드는 그와는 또 다른 매력이 있어. 이 둘은 요즘 제일 잘 나가는 젊은 작가들이니, 앞으로 좋은 작품을 기대해도 될 것 같아.

2부

노빈손, 뉴욕에 가다

톰슨 후보, 선거에서 참패하다!
연방수사국이 톰슨 후보의 부정선거 의혹을 조사하자,
톰슨 후보는 잠적하였으며…
연방수사국, 알까보이네 갱단의 술 밀거래 현장을 잡다!

신문을 펼친 알까보이네는 육중한 몸을 부들부들 떨었다.

요 며칠 동안 알까보이네는 인생 최악의 시간을 보내고 있었다. 노빈손이 위조투표함을 버린 탓에 톰슨은 선거에서 참패했고, 암호를 푼 엘리엇이 쫓아온 탓에 술 거래 상대까지 잃어버렸다. 알까보이네는 이를 바득바득 갈았다.

"절벽으로 떨어진 노빈손 그놈도 분명 엘리엇의 첩자였겠지? 젠장. 엘리엇, 너는 언젠가 내 손으로 죽여 주마. 네 친구 존처럼 말이지!"

하지만 지금 알까보이네에게는 엘리엇을 처리하는 것보다 더 큰 문제가 있었다. 바로 갱들이 만든 술을 살 상대를 찾는 것이었다.

엘리엇에 의해 거래 상대를 잃은 후, 창고에는 팔지 못한 불법 술들이 쌓여만 갔다. 어서 술을 처분하지 못하면 상황은 점점 더 곤란해질 뿐이다.

부하의 목소리가 고민에 빠진 알까보이네를 깨웠다.

"보스, 뉴욕에서 사무엘 사장님이 전화하셨습니다."

"사무엘이 전화를?"

미간을 찌푸린 채 사무엘과 통화하던 알까보이네의 얼굴이 점점 밝아졌다.

"뭐? 술을 살 만한 사람을 찾았다고? 누구? 뉴욕의 부자? 하하. 역시 내가 믿을 사람은 자네뿐이군, 사무엘!"

"꼬마야, 여기가 뉴욕이다. 내려!"

커다란 손이 트럭 뒤에서 꾸벅꾸벅 졸고 있던 노빈손을 흔들었다. 게슴츠레 눈을 뜬 노빈손은 퍼뜩 정신을 차리고서 자신을 깨운 사내를 쳐다보았다. 히치하이킹을 하는 노빈손을 태워 준 맘씨 좋은 트럭 운전사가 그를 내려다보고 있었다.

"뉴, 뉴욕이요? 벌써?"

"그래. 뉴욕으로 오고 싶다며?"

"네! 정말 감사합니다."

트럭에서 내린 노빈손은 공손하게 인사한 후, 뉴욕 시내를 두리번거렸다. 시카고

부정부패의 대명사, 윌리엄 톰슨

윌리엄 톰슨(1869~1944년)은 공화당 출신의 정치인으로, 금주법 시대에 시카고 시장을 두 번이나 지냈던 인물이다. 그는 알 카포네가 시카고에서 밀주 사업을 할 수 있도록 뒷받침했고, 그 대가로 알 카포네에게 많은 뇌물을 받았다. 한편 시민들에게는 영국의 왕 조지 5세가 술을 밀반입시켜서 시카고에 밀주가 넘친다는 어이없는 주장을 했다. 그야말로 부패한 정치인의 전형이었던 셈이다.

★★★★★★★★★★★★★★★★

도 대도시였지만 뉴욕의 화려함은 독보적이었다. 넓게 뻗은 거리에는 자동차가 빼곡했고, 고층 빌딩은 하늘 높은 줄 모르고 치솟아 있었다.

"후우, 일단 뉴욕에 오긴 했는데……."

시카고 시장선거 날, 공포의 왕발에게 쫓겨서 절벽에서 떨어진 노빈손은 나뭇가지에 걸린 덕분에 구사일생으로 목숨을 건졌다. 그리고 며칠 동안이나 숲을 헤매다가 겨우 도로를 찾아 나오는데 성공하여 지나가던 트럭을 잡아탔다. 그 트럭은 뉴욕으로 간다고 했다.

어차피 정체가 탄로난 이상 갱들이 있는 시카고로 돌아갈 수 없었던 노빈손은 트럭의 목적지인 뉴욕까지 가기로 했던 것이다.

"일단 엘리엇한테 연락을 해서 내가 살아 있다는 걸 알려야 돼."

분주하게 걸음을 옮기는데, 누군가가 노빈손의 어깨를 턱 잡았다. 갈색 양복을 멋들어지게 빼입은 남자였다. 그가 노빈손에게 전단지 한 장을 불쑥 내밀었다.

"아니, 손님. 요즘 같은 세상에 걸어 다니시다니요! 안 그래도 두꺼운 다리가 더욱 무다리로 변하면 어쩌시려고 이러십니까. 손님께는 최신형 GM 자동차가 필요하겠군요. 지금이라면 대폭 할인된 가격! 290달러에 구입하실 수 있습니다."

"전 돈이 없어요. 그리고 전 제 다리가 마음에 들거든요?"

노빈손은 손을 내저으며 갈 길을 가려 했다. 그러나 자동차 판매원은 끈질기게 노빈손을 따라왔다.

"에이, 최신 유행에 둔하시군요. 요즘엔 다들 할부로 자동차를 산다고요. 3분의 1만 계약금으로 내시면 됩니다! 혹시 신용카드는 없으십니까?"

놀란 노빈손이 뒤를 돌아보며 맞받아쳤다.

"헉. 그런 대책 없는 소리 마세요! 과소비는 나라 파산의 지름길이라고요!"

"파산이요? 으하하하. 지금은 1928년입니다! 미국 최고의 호황기라고요! 주식은 날마다 치솟고 있고, 땅값은 높아만 가죠. 이런 때에 파산이라니, 말도 안 되는 소립니다."

그 말을 들은 노빈손의 발걸음이 우뚝 멈추어 섰다.

'뭐? 지금이 벌써 1928년이란 말이야? 그렇다면 1년 뒤에 경제 대공황이 닥친다는 얘긴데……? 맙소사!'

유례없는 호황을 누리고 있는 지금의 미국. 하지만 1929년이 되면 엄청난 규모의 경제 대공황이 닥쳐올 예정이었다. 그 사실을 떠올린 노빈손은 정신이 아득해져 왔다. 하지만 그런 노빈손의 태도 변화와 상관없이 판매원은 끈질기게 쫓아왔다.

"손님, 그러니까 지금 이 자동차를 사시면……."

새로운 전략으로 승부한 GM

포드 자동차를 개발한 포드는 자동차의 아버지라 불린다. 1920년대 초반만 해도 포드 사에 도전할 만한 자동차 회사는 없었다. 하지만 포드 사는 대량 생산에 집착한 나머지 소비자들의 다양한 기호를 고려하지 않았다. 바로 이 점을 파고든 자동차 회사 GM(General Motors Corporation)은 다양한 차종과 세련된 디자인으로 승부를 걸었다. 그 덕에 GM은 포드를 능가하는 판매율을 자랑하게 된다.

★★★★★★★★★★★★★★★★

"에잇, 정말 끈질기네!"

노빈손은 판매원을 피해 후다닥 도망쳤다. 마침 길 옆의 광장에 많은 사람들이 모여 있는 것이 눈에 띄었다. 노빈손은 서둘러 그 인파들 사이로 들어가 몸을 감추었다.

"휴우~ 겨우 따돌렸네. 그런데 여긴 지금 뭐 하는 거지?"

노빈손은 까치발을 들고서 앞쪽을 훔쳐보려 애썼다. '뉴욕 주지사 연설회'라는 플래카드가 사람들 머리 위에 걸려 있는 것이 보였다. 그때 사람들이 일제히 환호성을 질렀다.

"와아아~! 드디어 왔다!"

깜짝 놀란 노빈손은 광장 앞쪽에 설치된 높은 연단을 올려다보았다. 휠체어를 탄 한 남자가 연단 앞에 나타난 것이 보였다.

"저 사람이 뉴욕 주지사인가?"

노빈손은 사람들 사이에 섞여 남자를 주목했다.

서글서글한 인상에 은테 안경을 낀 남자는 인자한 미소를 짓고 있었지만, 몹시 긴장한 모습이었다. 그는 바로 엘리엇의 친구인 프랭클린 루스벨트였다.

루스벨트가 호흡을 한번 가다듬고 휠체어에서 몸을 일으켰다. 보좌관이 그에게 목발을 건넸다. 그가 목발을 짚고 일어서서 연단의 계단을 오르려 하자, 여기저기서 걱정 섞인 우려의 소리가 터져 나왔다.

"아니, 저 높은 계단을 스스로 오르시려고?"

사람들 말이 끝나기 무섭게, 루스벨트가 중심을 잡지 못하고 크게 휘청거렸다. 사람들이 비명을 올렸다. 가까스로 균형을 잡고서 다시 일어서긴 했지만, 그의 이마는 이미 식은땀으로 얼룩져 있었다. 보좌관들이 허겁지겁 연단으로 달려 올라가 루스벨트를 부축하려 했다.

그때, 어디선가 우렁찬 목소리가 들려왔다.

"힘을 내세요! 포기하시면 안 돼요! 하실 수 있어요!"

목소리의 주인공은 바로 노빈손이었다. 루스벨트는 깜짝 놀라 소리친 사람을 바라보았다. 루스벨트와 노빈손의 눈이 마주쳤다. 루스벨트는 노빈손의 눈이 자신이 알고 있는 누군가와 비슷하다고 생각했다. 굳건하고 흔들림 없는 눈.

'당신을 처음 만났던 순간부터 굳게 믿어 온 것이 하나 있습니다. 당신이 이 나라를 위해 큰일을 하실 분이라는 사실이죠! 루스벨트 님, 당신은 뉴욕 주지사가 되실 겁니다.'

신뢰에 가득 차 있던 엘리엇의 목소리가 루스벨트의 뇌리에 울려퍼졌다. 용기를 얻은 루스벨트는 주위로 몰려든 측근들을 물리치고서 스스로 연단을 오르기 시작했다. 한발 한발, 마치 어린아이가 걸음마를 배우는 것 같은 발걸음이었다.

"하아, 하아, 조금만 더!"

루스벨트는 스스로를 계속 다독였다. 몇

소아마비는 어린이들만 걸리는 병일까?

소아마비는 폴리오 바이러스에 의해 팔, 다리 등의 근육이 마비되는 병이다. 주로 어린이들에게서 많이 발생하기 때문에 소아마비라고 불리지만, 어린이만 걸리는 병은 아니다. 루스벨트도 39세의 나이에 소아마비 환자가 되었다. 그래서 루스벨트는 대통령이 된 후 평생 소아마비 아동들을 도왔으며, 백신을 만들기 위한 재단을 설립했다. 결국 1952년에 백신이 탄생했고 소아마비 발생률도 떨어졌다.

년이나 뼈를 깎는 재활 훈련을 견딘 그였다.

마침내 루스벨트는 혼자의 힘으로 연단에 오르는 데 성공했다. 광장에서 우레와 같은 박수가 터져나왔다. 루스벨트는 감격에 겨운 목소리로 첫마디를 떼었다.

"감사합니다."

노빈손도 다른 사람들과 함께 손이 아플 정도로 열심히 박수를 쳤다. 왠지 코끝이 찡했다. 그러다 루스벨트의 머리 위로 노을이 내려앉는 것을 본 노빈손은 아차 싶었다.

"으악, 벌써 저녁이잖아."

노빈손은 광장을 등진 채 발걸음을 재촉했다.

"그냥 옆집으로 가!" 전화의 발전

현대인들은 특별한 용건이 없어도 잡담이나 안부를 나누기 위해 전화를 건다. 하지만 1876년 벨이 전화를 발명하여 특허를 냈을 당시에는 전화란 정보를 전달하기 위한 도구였다. 미국에서 전화의 역할에 변화가 생기기 시작한 것은 1920년대였다. 당시 사람들, 특히 여성들은 전화를 사교적인 목적으로 사용하기 시작했고, 가까운 거리에 사는 사람과도 전화 통화를 주고받았다. 이웃과 오랫동안 통화를 하는 아내에게 "제발 전화를 끊고 그냥 옆집으로 가!"라고 외쳤다는 남자의 일화가 남아 있을 정도다.

★★★★★★★★★★★★★★★★

"너 이 자식, 살아 있으면 살아 있다고 연락해야 할 것 아니야!"

전화가 연결되자마자 고막이 터져나갈 정도로 고함을 치는 엘리엇의 목소리가 들려왔다.

"하하, 걱정하셨어요? 걱정 마세요. 전 뉴욕에 있어요."

노빈손은 그동안의 우여곡절을 털어놓았다. 그러자 엘리엇은 분노에 휩싸여 치를 떨었다.

"비열한 알까보이네 갱놈들……."

"그쵸! 제가 그동안 얼마나 고생을 했는지……."

"그건 됐고. 어쩌면 네가 뉴욕으로 간 건 잘된 일일지도 모르겠다."

"네?"

아리송한 말을 꺼낸 엘리엇이 차분하게 지시를 내렸다.

"웨스트에그 26101번지에 가면 캐츠비라는 사람의 저택이 있어. 이번에는 그곳에 잠입해 있어라."

노빈손이 갸우뚱 고개를 기울였다.

"캐츠비 저택이요? 거긴 왜요?"

"아직 모든 걸 얘기할 단계가 아니야. 거기서 대기하면 조만간 내가 그곳으로 널 찾아갈 테니 기다리고 있어."

"알았어요. 아 그리고 엘리엇!"

노빈손은 전화가 끊어지기 전에 서둘러 말을 이었다.

"부탁이 하나 있어요. 알까보이네 저택 주방에서 일하는 브래드라는 소년에게 제가 무사히 살아 있다고 전해 주세요! 꼭이요! 꼭!"

캐츠비 저택의 비밀

"이게 저택이야, 놀이동산이야?"

캐츠비 저택 앞에 도착한 노빈손은 눈이 휘둥그레졌다. 웨스트에그 해안가에 위치한 캐츠비 저택은 마치 동화 속에 나오는 궁전처럼 화려하고 으리으리했다. 정원은 끝없이 펼쳐져 있었고, 저택 앞의 커다란 분수대는 수영장으로 써도 될 정도였다. 노빈손은 저택에 난 창문의 개수를 세어 보다가 지쳐서 포기하고 관리자를 찾아갔다.

"저, 여기 혹시 사람 안 구하나요?"

그 말을 들은 관리자는 머리부터 발끝까지 노빈손을 빠르게 스캔했다. 그가 보기에 노빈손은 '부실하게 생겨서 데려갈 곳이 없으니 한눈 안 팔고 소처럼 일만 할 얼굴'이었다.

"합격! 당장 옷 갈아입고 일할 준비해."

"네? 심층면접은 안 보나요?"

"그럴 시간 없어! 파티가 시작된다고!"

어둠이 내려앉자 캐츠비 저택의 화려한 불빛을 찾아 손님들이 하나둘 몰려들었다. 노빈손은 저택 마당에 꽉 들어찬 손님들

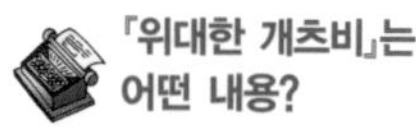

「위대한 개츠비」는 어떤 내용?

소설의 주인공인 개츠비는 옛 연인 데이지를 되찾기 위해 불법적인 일들을 통해 부자가 된 남자다. 그는 데이지가 사는 저택 반대편에 집을 짓고 날마다 화려한 파티를 연다. 그러나 개츠비는 끝내 데이지를 되찾는데 실패하고 쓸쓸하게 죽고 만다. 이 작품은 아메리칸 드림의 허상과 1차 세계대전의 상처를 화려한 생활로 잊으려 한 당시 상류층의 모습이 잘 반영된 걸작으로 평가받는다.

사이를 누비며 눈썹이 휘날리도록 일했다.

마당 한구석에서 커피를 타는 노빈손의 얼굴로 냅킨 한 장이 휙 날아왔다.

“윽, 이건 또 어디서 날아온 거야?”

노빈손은 냅킨이 던져진 테이블을 찾아 두리번거렸다. 문제의 테이블에는 터프한 인상의 남자가 얼큰하게 취한 채로 냅킨에 무언가를 열심히 적고 있었다.

“카아, 역시 술이 한잔 들어가야 잘 써진단 말이야.”

“저, 손님. 이러면 빨래하기 힘든데요…….”

노빈손이 잉크로 물든 테이블보를 보며 곤란하다는 듯 말하자, 남자가 껄껄 웃으며 입을 열었다.

“아아, 미안하게 됐네 그려. 하지만 워낙 멋진 제목이 떠올라서 말이야. 소설 제목이 안 떠올라서 고민이었는데, 지금 생각났어. 이 제목을 능가하는 제목은 세상에 없을 거야.”

노빈손은 슬쩍 사내의 냅킨을 내려다보았다. 거기엔 이렇게 쓰여 있었다.

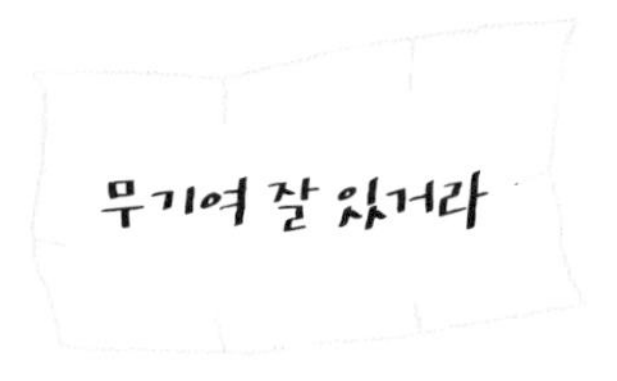

“아저씨, 이건 어니스트 헤밍웨이의 소설 제목이잖아요. 1차 세계대전 때 프레드릭 헨리 중위와 영국 간호사 캐서린 버클리가 나

눈 비극적인 사랑에 대한 이야기인데, 안 읽어 보셨어요?"

노빈손이 혀를 쯧 차며 핀잔을 주자, 남자가 놀라 딸꾹질을 했다.

"뭐? 내가 어니스트 헤밍웨이인데? 이 소설은 아직 아무한테도 보여 준 적이 없는데, 어떻게 자네가 그 내용을 아는 거지?"

"네?"

노빈손은 놀라 뒤로 주춤 물러섰다. 헤밍웨이가 술에 취한 걸음으로 비틀비틀 노빈손을 쫓아왔다.

"자네, 설마 독심술하나? 아니면 미래라도 읽는 건가?"

헤밍웨이의 목소리가 조금 컸나 보다. 옆 테이블에서 술을 마시며 주가 상승에 대해 열변을 토하고 있던 2:8 가르마의 월스트리트 증권맨들의 눈이 번쩍였다. 그들이 술 냄새를 풍기면서 노빈손

에게 달려들었다.

"뭐, 미래를 읽는다고? 이봐, 그럼 다음에 뜰 주식은 뭐지?"

하지만 다음 순간, 또 다른 사람들이 증권맨들을 제치고 노빈손에게 얼굴을 들이밀었다.

"지금 주식이 문제인가! 그보다 플로리다 이후에 부동산 붐이 일어날 곳을 알려 주게!"

"바보들! 왜 그런 시시한 걸 묻는 거야? 석유! 석유가 나올 지역만 알 수 있으면 자손 대대로 억만장자로 살 수 있어!"

"꺄아악!"

졸지에 예언가가 된 노빈손은 비명을 지르며 저택 안으로 도망쳤다. 취객들은 제각기 '내 소설!' '주식!' '부동산!' '석유!'를 외치며 노빈손을 따라왔다.

일단 도망치긴 했지만, 저택의 구조에 익숙하지 않은 노빈손은 어디에 숨어야 좋을지 몰라서 주위를 두리번거렸다.

그때 누군가가 노빈손을 불렀다.

"이봐요! 이쪽으로 와요."

빼꼼 열린 저택의 방문 너머에서 한 남자가 노빈손에게 손짓하고 있었다. 노빈손은 그곳으로 잽싸게 달려갔다. 취객들은 노빈손이 방 안에 숨은 것을 눈치채지 못하고 우르르 다른 곳으로 달려갔다.

어니스트 헤밍웨이

어니스트 헤밍웨이(1899~1961년)는 현대 미국을 대표하는 작가이다. 직접 1차 세계대전에 참전했던 그는 『무기여 잘 있거라』와 같은 전쟁의 참상을 담은 작품들을 많이 남겼고, 이후 문학적 공로를 인정받아 노벨 문학상을 수상했다. 권투, 사냥, 투우 등 격렬한 스포츠를 즐겼지만, 말년에는 알코올 중독 때문에 집필을 제대로 할 수 없을 정도였다고 한다.

"아이고, 감사합니다."

방에 들어선 노빈손이 감사 인사를 하자 남자는 부드러운 미소를 지었다. 훤칠하게 키가 큰 데다 굽이치는 금발에 심해처럼 파란 눈동자를 가진 미남이었다. 겨우 한시름 놓은 노빈손은 문에 기대서서 중얼거렸다.

"후우, 저렇게까지 집요하게 쫓아오다니… 다들 그렇게 부자가 되고 싶은가."

"하하. 지금은 아메리칸 드림의 시대니까요. 게다가 뉴욕은 기회의 땅이거든요. 농촌의 젊은이들도, 세계 각국의 이민자들도 다들 돈을 벌 꿈에 부풀어서 뉴욕으로 몰려오죠. 당신도 그렇지 않나요?"

남자가 부드러운 눈으로 묻자 노빈손은 고개를 내저었다.

"아뇨. 제가 뉴욕에 온 건 다른 이유 때문이에요. 물론 돈은 엄청 중요하죠. 하지만 돈으로 뭐든지 다 이룰 수 있는 건 아니잖아요? 세상엔 돈으로 살 수 없는 게 더 많아요."

그 말을 들은 남자는 어딘가 아련한 눈으로 노빈손을 바라보다가 씁쓸하게 고개를 끄덕였다.

"그렇죠. 저도 그걸 조금 더 일찍 알았

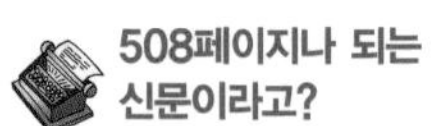

1925년 6월 25일, 플로리다 주의 마이애미 데일리 뉴스는 무려 508페이지의 신문을 발행한다. 전화번호부 수준으로 두꺼운 신문이 발행된 이유는 당시 플로리다에 불어닥쳤던 부동산 광풍 때문이었다. 1920년대 경제 호황을 누린 미국인들은 따뜻한 기후를 가진 플로리다에 휴양지를 개발하면 부자가 될 것이라는 꿈을 품었다. 그래서 플로리다의 땅들은 불티나게 팔리기 시작했고, 마이애미 데일리 뉴스는 연신 쏟아져 나오는 땅 매입 광고 때문에 신문을 508면이나 만들어야 했다.

으면 좋았을 것을."

남자는 노빈손에게 만나서 반가웠다고 말하더니 방문을 열고 나가 버렸다.

'뭔가 사연이 있는 사람 같네.'

노빈손은 남자의 뒷모습을 보며 그렇게 생각했다.

"아이고, 힘들다."

고된 하루 일과가 끝난 후, 노빈손은 대자로 뻗어 누웠다. 캐츠비 저택은 너무 넓었기에 파티가 끝나고 뒷정리를 하는 것마저도 한참이 걸렸다. 지나가던 동료 한 명이 쓰러진 노빈손을 격려했다.

"어이, 신참! 오늘 수고했네."

"아니에요. 그런데 이 저택의 주인인 캐츠비 씨는 어떤 분이세요?"

노빈손은 아까부터 품고 있던 질문을 던졌다. 다 둘러보기도 어려울 만큼 커다란 저택에 살면서, 온갖 유명인들이 앞다투어 찾아올 만큼 화려한 파티를 여는 사람은 대체 누구인지 궁금했다.

하지만 뜻밖의 답변이 돌아왔다.

"나도 몰라. 여기서 2년간 일했는데 아직 캐츠비 씨 얼굴을 본 적이 없거든. 여기 오는 손님들도 캐츠비 씨가 누군지 모를걸? 다들 그냥 캐츠비가 보내는 초대장을 받고 오는 것뿐이야."

그 말에 노빈손은 황당한 표정을 지었다.

"캐츠비 씨, 대체 뭐하는 사람이지?"

찰리 채플린의 스카우트

노빈손이 엘리엇을 기다리는 동안, 캐츠비 저택에서는 매일 밤 쉬지 않고 파티가 열렸다.

파티 준비를 위해 새벽부터 일어난 노빈손은 쓰레기를 버리러 저택 뒤 해안가로 갔다. 물안개가 뿌옇게 낀 선착장에는 한 남자가 서 있었다. 노빈손은 고개를 갸우뚱거렸다.

"누구지? 어제 술에 취해 못 돌아간 손님인가?"

남자는 해안 반대편으로 손을 천천히 뻗었다. 무언가를 잡으려는 듯한 손짓이었지만, 그 손끝에 닿는 것은 허공뿐이었다. 남자의 뒷모습은 왠지 쓸쓸하고 아련했다.

"저 너머에 뭐라도 있나요? 거기 그러고 계시면 감기 걸려요!"

노빈손이 남자를 향해 외치자, 남자가 뒤를 돌아보았다. 얼마 전 노빈손을 구해 준 금발 남자였다. 그도 노빈손을 알아보았는지 빙긋 웃었다.

"네, 있죠. 아주 특별하고 소중한 것이."

남자는 그렇게 말하고는 뚜벅뚜벅 걸어서 저택 반대편으로 사라졌다. 노빈손은 남자가 서 있던 자리로 가 보았다. 하지만 안개 너머로 보이는 것은 반대편에 지어진 저택 한 채뿐이었다. 고개를 갸웃거리던 노빈손은 저택 안으로 다시 들어왔다.

"노빈손!"

그날 밤, 정신없이 일하던 노빈손은 자신을 부르는 낯익은 목소리를 들었다. 뒤를 돌아보자, 거기엔 보따리를 바리바리 짊어진 브래드가 서 있었다.

"아니, 브래드! 너 여길 어떻게 왔어!"

"엘리엇한테 소식을 전해 들었어요. 노빈손이 보고 싶어서 이리로 왔죠. 저도 여기에 취직할래요. 알까보이네 저택은 이제 지긋지긋해요."

"그래, 잘 왔어."

노빈손과 브래드는 반가움에 못 이겨 서로를 부둥켜안았다. 노빈손은 안 본 사이 더욱 길어진 브래드의 구레나룻을 그리운 듯 당겨 보았다.

그때 갑자기 파티장 안에서 사람들의 비명 소리가 들렸다.

"꺄아아아악! 세상에나! 그가 왔어!"

캐츠비 저택에는 유명인들이 많이 드나들었지만 이번에는 유독 소리가 컸다. 사람들의 환호성을 한 몸에 받으며 파티장 안으로 걸어 들어온 사람은 기이한 차림의 남자였다. 꽉 끼는 짧은 양복 조끼에 지나치게 통이 큰 바지를 입은 그 남자는 눈에 판다처럼 검은 아이라인을 그린 데다 코에

아메리칸 드림

신대륙인 미국은 이민자들에게 무한한 가능성이 열려 있는 땅이었다. 처음 미국으로 이주한 영국인들은, 계층이 확실한 영국과 달리 미국은 '개인의 능력과 성과에 따라 합당한 보상을 받을 수 있는 곳'이라 여겼다. 세계 각국의 수많은 이민자들 역시 같은 꿈을 품고 미국으로 향했다. 최근에는 아메리칸 드림의 환상이 많이 약해졌지만, 새로운 기회를 찾아 미국으로 가는 사람들의 수는 줄지 않고 있다.

★★★★★★★★★★★★★★★★★

는 칫솔모 같은 수염을 달고 있었다.

그를 본 브래드가 턱이 빠질 듯 입을 쩌억 벌렸다.

"세상에나… 저, 저, 저 사람은……."

"어? 저 사람은 찰리 채플린이잖아?"

노빈손이 신기한 생물을 본 것 같은 목소리로 브래드의 말을 받았다.

그랬다. 그는 바로 당대 최고의 희극 배우이자 특급 스타였던 찰리 채플린이었다. 흑백 영화 속에서나 보던 인물이 눈앞에 생생히 나타난 것이다. 노빈손도 그 모습에 혹하지 않을 수가 없었다.

"브래드, 뭐해? 빨리 가서 사인 받자!"

"전 못 해요. 찰리 채플린 님은 제 우상이란 말이에요! 너무 긴장해서 기절할 것 같아요."

브래드는 머리를 부여잡은 채 다리까지 휘청거렸지만, 노빈손은 그런 브래드를 질질 끌고서 찰리 채플린 앞으로 갔다. 이미 많은 사람들이 찰리 채플린을 둘러싸고 서 있었다. 브래드는 양 뺨을 붉게 물들인 채 모기만 한 목소리로 말했다.

"저, 저, 저, 저, 저, 채플린 님. 전 당신의 패… 팬……."

"지금 펜 파니? 채플린 씨! 이 친구가 선생님의 팬인데, 사인 좀 부탁드려요. 종이가 없는데 혹시 여기에 해 주실 수 있을까요?"

노빈손이 브래드의 등을 채플린 앞으로 내밀었다.

그 순간, 노빈손을 본 채플린의 눈에 알 수 없는 광채가 번뜩였다. 그러더니 갑자기 양손으로 노빈손의 얼굴을 꽉 움켜쥐었다.

"윽! 이게 무슨 짓이세요!"

노빈손이 몸부림쳤지만 채플린은 꿈쩍도 않고서 물었다.

"이봐! 자네 배우 해 볼 생각 없나?"

"엥?"

채플린의 엉뚱한 소리에 노빈손은 얼빠진 표정을 지었다.

찰리 채플린과 무성 영화

찰리 채플린(1889~1977년)은 영화 역사상 가장 위대한 배우 중 한 명이다. 무성 영화 시대의 채플린은 큰 구두와 바지를 입고 콧수염을 단 '떠돌이' 캐릭터로 관객들의 사랑을 한 몸에 받았다. 무성 영화에는 대사가 없었지만, 그는 풍부한 표정과 재치 있는 몸동작으로 인생의 희로애락을 모두 표현해 냈다. 그 누구보다 무성 영화를 사랑했던 그는 유성 영화 기법이 발명된 이후에도 한동안 계속 무성 영화를 고집했다.

"네? 배우요? 저는 좀 그렇고요, 이 친구가 연기를 잘하는데요."

노빈손은 채플린 앞에 등을 내밀고 있던 브래드를 휙 돌려 들이밀었다. 하지만 브래드는 여전히 딱딱하게 굳은 채 입만 뻐끔거릴 뿐이었다. 채플린은 그런 브래드를 흘끗 한번 보더니 노빈손의 손목을 덥석 잡았다.

"이 촌스러운 구레나룻 친구는 됐고. 자네, 나랑 잠깐 이야기 좀 하세나!"

"초…촌스러운 구레나룻?"

"억, 전 일해야 해요!"

채플린은 허우적거리는 노빈손을 막무가내로 끌고 갔다. 브래드는 구레나룻을 양손으로 부여잡은 채, 버림받은 비련의 여주인공 같은 표정으로 중얼거렸다.

"채플린 님……."

"아니, 대체 왜 싫다는 건가? 최고의 대우를 약속한다니까!"

노빈손을 방으로 끌고 온 채플린은 자신의 영화에 출연시켜 주겠다고 제의했다. 하지만 노빈손은 단호하게 거절했다.

"물론 제가 할리우드도 탐낼 만한 꽃미남이라는 건 알아요. 하지만 제겐 해야 할 일이 있어요. 제가 이 일을 내팽개치면 지옥까지 절 쫓아올 사람도 있고요."

노빈손은 노발대발하는 엘리엇의 표정을 떠올리며 말했다.

그러자 채플린은 땅이 꺼져라 한숨을 내쉬었다. 시종일관 익살을 잃지 않던 그의 얼굴이 사뭇 진지해졌다.

"자네, 혹시 〈재즈싱어〉라는 영화 봤나?"

〈재즈싱어〉? 노빈손은 고개를 갸우뚱했다.

"아뇨, 그게 뭔데요?"

"그 영화에는 말이야. 무려 사람 목소리가 나온다네!"

채플린은 절망스러운 표정으로 외쳤다. 그제야 노빈손은 문제가 무엇인지 깨달았다.

이 시대의 영화계는 무성 영화, 즉 배우가 대사를 말하지 않고 몸과 얼굴만으로 연기하는 영화가 주로 만들어지고 있었다. 그러나 1927년에 처음으로 사람 목소리가 나오는 유성 영화, 〈재즈싱어〉가 개봉한다. 이 영화는 무성 영화에 의존하던 영화계에 큰 충격을 주었다. 당시 무성 영화의 최고 스타였던 채플린도 예외는 아니었다.

"그 영화를 보는 순간 난 알았어. 이제 무성 영화의 시대가 끝났다는 사실을! 그리고 내 시대도 끝나겠지. 앞으로 영화를 어찌 찍어야 할지도 모르겠어. 사람들이 내 영화를 보며 웃기나 할까?"

자세히 보니 채플린의 눈 아래에 있는 검은 흔적은 아이라인이 아니라 다크서클

〈재즈싱어〉를 아시나요?

화면과 함께 소리가 나오는 영화를 유성 영화라고 한다. 1927년 개봉된 〈재즈싱어〉는 최초의 장편 유성 영화이다. 하지만 완전한 유성 영화는 아니었고, 몇몇 장면에만 동시녹음 기법이 사용되었다. 그러나 관객들은 영화에서 배우의 목소리가 나온다는 사실 자체에 흥분했다. 결국 〈재즈싱어〉는 흥행에 대성공했고, 이 성공에 힘입어 많은 유성 영화들이 만들어졌다.

★★★★★★★★★★★★★★★★

이었다. 노빈손은 손을 휘휘 내저었다.

"무슨 소리세요, 채플린 씨. 당신의 영화는 유성 영화의 시대를 지나 3D, 4D 디지털의 시대에까지 사람들의 가슴속에 항상 명작으로 기억될 거예요. 당신은 영원한 스타로 남을 거구요. 관객들은 좋은 배우와 좋은 영화를 절대 외면하지 않거든요."

"됐네. 지금 나에겐 필요한 건 위로가 아니라 바로 자네일세. 아까 자네를 처음 봤을 때 충격을 받았네. 여러 희극 배우들을 봐 왔지만, 자네처럼 우스운 얼굴은 평생 본 적이 없거든. 자네가 내 영화에 출연한다면 관객들이 시종일관 폭소를 금치 못할 거라 확신하네. 그러면 흥행도 유성 영화에 밀리지 않겠지!"

희망에 부푼 채플린이 노빈손의 손을 덥석 잡았다. 하지만 정작 노빈손은 이게 칭찬인지 욕인지 도통 알 수가 없었다.

"끄응, 하지만 채플린 씨… 저는 배우가 될 만한 연기력이 없어요. 배우한테 가장 중요한 건 얼굴이 아니라 연기력이잖아요?"

그 순간, 노빈손의 말이 끝나기가 무섭게 방문이 벌컥 열렸다. 문을 열어젖힌 것은 놀랍게도 피투성이가 된 브래드였다. 기겁한 노빈손이 브래드에게 달려갔다.

"세상에! 브래드, 이게 무슨 일이야?"

"빈손… 도망쳐요. 아… 알까보이네 갱단이 왔어…요."

입에서 피를 줄줄 흘리던 브래드는 태풍을 만난 나무처럼 비틀대다가 바닥에 픽 쓰러졌다.

"뭐? 알까보이네 갱단이 여길 어떻게…? 브래드, 정신 좀 차려 봐!"

노빈손은 그런 브래드를 보며 울음을 터트렸다. 채플린도 놀란 표정으로 브래드에게 다가왔다.

"이봐, 젊은이. 괜찮나?"

채플린의 말을 들은 브래드는 자꾸 감기려는 눈꺼풀을 억지로 들어 올려 애절한 눈으로 그를 바라보았다. 그러더니 미약한 숨을 억지로 붙들며 말을 이었다.

"아, 채플린… 님. 전 늘 배우가 되고 싶었지만, 키도 작고 얼굴도 볼품이 없어서 그 꿈을 포기하려 했어요. 하지만 몇 년 전 영화에서 당신을 보고서, 키가 작거나 빼어난 미남이 아니어도 훌륭한 배우가 될 수 있다는 용기를 얻었답니다. 정말 감사해요. 이렇게 당신을 직접 보고 눈을 감을 수 있어서 정말 영광이에요."

브래드의 말을 듣던 채플린의 눈에도 어느새 눈물이 맺혔다. 브래드가 노빈손에게 시선을 돌렸다.

"노빈손과 만난 것도 제 짧은 인생의 행운 중 하나였어요. 그럼 안녕!"

"안 돼! 브래드! 죽으면 안 돼!"

브래드는 그 말을 마지막으로 고개를 떨구었다. 노빈손은 꺼이꺼이 울며 브래드를 끌어안았다.

눈물 콧물을 사정없이 내뿜던 노빈손은 문득 흠칫했다. 코끝으로 익숙한 냄새가 와 닿았기 때문이다.

"어라? 이건……?"

순간 미심쩍은 생각이 든 노빈손은 브래드의 가슴에 귀를 대 보았다. 그러자 심장이 쿵쿵쿵 힘차게 뛰는 소리가 들렸다. 속았구나! 노빈손은 배신감에 몸을 떨며 브래드를 흔들어 깨웠다.

"야, 브래드! 일어나! 너 몸에 케첩 발랐지?"

그러자 나무토막처럼 미동도 없던 브래드가 슬며시 눈을 떴다. 브래드가 머쓱한 표정으로 몸을 일으키자, 찰리 채플린의 눈이 휘둥그레졌다.

"아니, 세상에. 이게 다 연기였단 말인가?"

"네. 채플린 님에게 지금까지 갈고 닦은 제 실력을 보여 드리고 싶었어요. 죄송해요."

브래드는 면목 없다는 듯 고개를 푹 숙였다. 그러자 채플린은 잠시 침묵하더니 호쾌하게 웃었다.

"하하하, 이런 세상에! 천하의 찰리 채플린까지 속아 넘기다니. 대단한걸? 자네, 배우로서의 자질이 아주 뛰어나군."

채플린은 어안이 벙벙해져 있는 브래드에게 자신이 쓰고 있던 모자를 벗어서 씌워 주었다.

"이 모자는 내가 주는 선물이라네. 자네 연기를 보고 큰 깨달음을 얻었거든. 노빈손 말이 맞아. 배우에게 가장 중요한 건 얼굴이 아니라 연기력이지. 그건 설령 유성 영화의 시대가 온다 해도 변하지 않는 진리야. 손쉽게 영화를 만들려고 한 내가 틀렸었네."

채플린은 그렇게 말하며 한마디를 덧붙였다.

"자네, 혹시 괜찮다면 할리우드로 영화 오디션을 보러 오지 않겠나?"

"하아, 노빈손… 이게 꿈은 아니겠죠?"

찰리 채플린에게 오디션 제의를 받은 브래드는 연회장으로 돌아가면서 그렇게 중

월 스트리트란?

미국 뉴욕 맨해튼 섬 남쪽 끝에 있는 금융 밀집 구역이다. 월 스트리트(Wall Street)라는 이름은 1653년에 네덜란드 이민자들이 인디언의 침입을 막기 위하여 이곳에 성벽(wall)을 쌓은 데서 유래되었다. 이곳은 세계 금융 시장의 중심지로, 세계 제일의 규모를 자랑하는 뉴욕 주식거래소를 비롯하여 거대 증권회사와 은행들이 집중해 있다.

★★★★★★★★★★★★★★★★

얼거렸다. 그러자 노빈손은 괘씸하다는 표정으로 브래드의 양볼을 잡아 길게 늘였다.

"꿈인지 아닌지 알려면 요렇게 꼬집으면 되지. 채플린 씨는 그렇다 쳐도, 나까지 속이기냐?"

"으악, 노빈손 아파요. 놔 줘요. 어억! 노빈손, 저기 알까보이네 갱단이!"

"바보야. 두 번은 안 통해."

노빈손은 콧방귀를 뀌었다. 하지만 브래드는 여전히 새하얗게 질린 표정으로 뒤쪽을 응시하고 있었다. 결국 브래드의 시선 끝을 바라본 노빈손은 화들짝 놀랐다.

"헉! 세상에!"

그곳에는 검은 양복을 차려 입은 알까보이네의 부하 두 명이 서 있었다. 그 중 한 명은 노빈손도 아는 공포의 왕발이었다. 노빈손은 브래드를 끌고 황급히 테이블 아래로 몸을 숨겼다.

"어째서 알까보이네 갱단이 여기에 있는 거지?"

노빈손은 낮게 엎드린 채 눈으로만 알까보이네 갱단을 좇았다.

그들은 뭔가 문제가 있는 사람처럼 잔뜩 불만족스러운 표정을 짓고 있었다. 현관 쪽에 기대서서 한참이나 서로 이야기를 나누던 갱들은 마침내 연회장 밖으로 나가 버렸다. 노빈손과 브래드는 테이블 바깥으로 나오며 안도의 숨을 내쉬었다. 하지만 머릿속은 금방이라도 터져 나갈 듯 복잡했다.

'알까보이네 갱단이 날 찾으러 온 걸까? 그런데 내가 살아 있다는 건 어떻게 알았지? 어쩌지? 도망가야 하나? 으, 엘리엇은 대체 언제 오는 거야?"

그때 누군가가 등 뒤의 창문을 똑똑 두드렸다. 뒤를 돌아보자, 노빈손이 애타게 찾던 인물이 서 있었다. 바로 엘리엇이었다.

갱단의 검은 손길

그러나 서로 반가움을 나눌 시간도 없었다. 노빈손은 엘리엇이 의자에 앉기도 전에 입을 열었다.

"엘리엇, 방금 알까보이네 갱단이 왔다 갔어요."

하지만 엘리엇은 별로 놀라는 눈치가 아니었다.

"그래. 내가 널 이곳으로 보낸 이유가 바로 그거야. 이 저택에 알까보이네 갱단이 드나든다는 정보를 입수했거든. 그래서 조사해 보니, 이 저택 주인은 자기가 누군지도 밝히지 않고서 매일 밤 파티를 연다지? 노골적일 정도로 수상하군. 지금 당장 파티의 주최자를 만나 봐야겠어."

"하지만 저택의 주인을 어떻게 찾으실 생각이에요?"

웨스트에그란 어디?

웨스트에그란 실제 지명이 아니라, 1923년 발표된 피츠제럴드의 소설 『위대한 개츠비』에 나오는 가상의 지명이다. 소설 속에서 웨스트에그는 뉴욕 남동부에 있는 섬인 롱아일랜드에 있는데, 반대편 해안에는 이스트에그가 자리 잡고 있다. 호화 저택들이 지어져 있는 웨스트에그와 이스트에그는 1920년대 상류층의 화려한 생활을 상징적으로 보여 주는 장소이자 소설적 장치이다.

노빈손은 손님들로 꽉 찬 저택을 걱정스레 두리번거리며 말했다. 그러자 엘리엇은 수사관 특유의 날카로운 눈빛을 빛냈다.

"내게 생각이 있어. 노빈손, 브래드, 너희가 좀 도와줘야겠다."

밤이 깊어 가자 파티는 무르익을 대로 무르익었다. 노빈손은 밴드 연주자들이 휴식을 취하는 틈을 노려, 캐츠비 저택의 중앙 홀에 있는 무대로 올라갔다. 그리고 목청을 가다듬은 후 마이크에 대고서 큰 소리로 외쳤다.

"안녕하세요, 여러분. 오늘 밤은 사상 초유의 특별 이벤트가 있습니다. 바로 오랫동안 모습을 감추고 있었던 이 저택의 주인, 캐츠비 씨가 이곳에 나와서 여러분께 직접 인사를 드릴 예정입니다."

그 말을 듣자, 제각기 파티를 즐기던 손님들의 얼굴이 일제히 환희와 놀라움으로 물들었다.

"세상에, 드디어 캐츠비 씨를 만나 볼 수 있는 거야?"

"난 이 파티에 벌써 스무 번째 왔는데 아직 캐츠비 씨를 본 적이 없다고!"

노빈손이 흥을 돋우는 한편, 브래드는 저택 바깥에서 파티를 즐기고 있는 손님들을 바쁘게 불러 모았다.

"자자, 여러분! 모두 중앙홀로 모이세요. 캐츠비 씨를 보고 싶으면 중앙홀로 오세요."

캐츠비 저택의 모든 손님들이 중앙홀로 모여들었다. 수많은 사람들이 모여서 웅성거리는 모습은 백화점 세일 현장의 대기줄을 방불케 했다.

"캐츠비 씨는 엄청난 추남이라 모습을 안 보인다고 하던데… 그게 정말일까?"

"내가 듣기론 어느 작은 나라의 왕자님이라던데? 이제 진실이 밝혀지겠지."

기대감에 찬 사람들은 어서 캐츠비의 실물을 보여 달라고 성화였다. 노빈손은 무대에 쳐진 장막을 가리켰다.

"자, 여러분. 서두르지 마세요. 5초 후, 저 장막 너머에서 캐츠비 님이 모습을 나타내실 겁니다."

노빈손의 말을 들은 사람들은 누가 시키지도 않았는데 알아서 카운트다운을 시작했다.

"오! 사! 삼! 이!"

숫자가 1에 가까워질수록 사람들의 얼굴에 긴장된 기색이 역력해졌다. 한편 엘리엇은 홀의 2층 난관에 서서 눈을 바쁘게 굴리며 모든 손님들을 샅샅이 관찰하고 있었다. 운명의 숫자가 불렸다.

"일!"

순간, 손님들은 숨 쉬는 것조차 멈추고 무대를 바라보았다. 하지만 장막 뒤에서는 아무도 나타나지 않았다. 사람들은 노빈손

미국에서 제일 잘 나가는 쿠키는?

바로 1914년 나비스코 사에서 처음 제조 · 판매된 오레오 쿠키다. 두 개의 초콜릿 쿠키 사이에 하얀 크림이 발라진 오레오 쿠키는 20세기에 가장 많이 팔린 과자이며, 현재도 매년 75억 개씩 팔린다. 그래서 나비스코 사의 CEO였던 F. 로스 존슨은 이런 말까지 했다. "어떤 천재가 오레오를 만들었다. 덕분에 우리는 그 유산을 물려받아 잘살고 있다."

★★★★★★★★★★★★★★★★

을 향해 격렬한 야유를 쏟아 내었다.

"우우우!"

"뭐야, 지금 우리를 가지고 장난치는 거야?"

노빈손의 얼굴을 향해 립스틱, 거울, 우산 등 각종 소지품이 날아들었다. 노빈손은 그것들을 바쁘게 피하며 엘리엇에게 외쳤다.

"으악! 엘리엇! 찾았어요?"

"그래."

엘리엇은 2층 난간에서 폴짝 뛰어내려 중앙홀의 문 쪽으로 향했다. 회색 양복을 입은 한 남자가 샴페인을 마시며 여유로운 표정으로 문에 기대 서 있었다. 엘리엇은 그 남자의 어깨를 턱 잡더니 눈을 들여다보며 말했다.

"안녕하십니까, 캐츠비 씨."

순간, 남자의 푸른 눈이 놀라 크게 일렁였다. 엘리엇을 뒤따라온 노빈손 역시 깜짝 놀랐다. 그는 얼마 전 취객에게 쫓기던 노빈손을 방에 숨겨 주었으며, 선착장에서도 마주쳤던 바로 그 남자였다.

"아니, 내가 캐츠비라는 걸 어떻게 알았죠?"

남자가 묻자, 엘리엇은 별거 아니라는 듯 고개를 까닥하며 말했다.

"간단합니다. 방금 카운트다운을 할 때, 이 홀에 모여 있는 모든 사람들이 무대를 바라봤습니다. 단 한 명, 당신만을 제외하고 말입니다. 당신은 그저 웃으며 먼 곳을 보고 있더군요. 당신은 캐츠비가 나타나지 않을 거라는 걸 미리 알았던 겁니다. 왜냐하면, 바로 당신이 캐츠비니까요."

엘리엇의 추리를 들은 캐츠비는 천진한 목소리로 "호오"하고 감탄사를 내뱉었다. 하지만 엘리엇은 더없이 딱딱한 얼굴로 캐

맨해튼 섬이 헐값에 팔렸다고?

맨해튼 섬은 오늘날의 뉴욕의 중심부에 자리 잡고 있는 곳으로, 금융·패션·출판의 중심지다. 미국으로 건너온 네덜란드 이민자들은 1626년 현지 인디언에게 구슬·천·손도끼 등을 주고 이 섬을 사들였다. 저 물건들의 가치는 약 24달러 정도. 빅맥 햄버거 다섯 개를 살 돈으로 맨해튼 섬을 산 것이다.

츠비를 잡아끌었다.

"자, 캐츠비 씨. 저와 잠시 이야기 좀 하실까요?"

캐츠비의 진실

"단도직입적으로 묻겠습니다. 당신은 알까보이네 갱단과 무슨 관계입니까? 이미 알까보이네 갱단이 이 저택에 찾아왔었다는 걸 알고 있으니 거짓말할 생각은 마십시오."

엘리엇은 발빼하면 국물도 없다는 듯이 차갑게 물었다. 하지만 캐츠비는 뜨거운 커피를 한 모금 홀짝이며 온화하게 대답했다.

"아무 관계도 없습니다. 그들은 자신들이 파는 술을 사라고 권유하기 위해 제 파티에 오는 것뿐입니다. 하지만 저는 그들을 만나지 않았습니다."

"그걸 저더러 믿으라는 겁니까? 그럼 왜 당신은 사람들에게 자신을 드러내지 않는 거죠? 떳떳하지 못해서가 아닙니까?"

"그건……."

캐츠비는 커피를 내려놓고, 잠시 머뭇거리다가 품속에서 사진 한 장을 꺼냈다. 얼마나 들여다보았는지 사진 귀퉁이가 다 닳아 있었다. 사진 속 캐츠비는 지금보다 조금 더 젊었고 군복을 입고 있었다. 그리고 캐츠비 옆에서는 아주 아름다운 여성이 환하게 웃고 있었다.

"와, 미인이네요. 애인이세요?"

브래드가 묻자 캐츠비는 씁쓸히 고개를 내저었다.

"그녀의 이름은 데이지입니다. 옛날 데이지와 저는 열렬히 사랑하는 사이였죠. 하지만 부잣집 딸이었던 그녀와 달리, 가난한 군인에 불과했던 저는 좀처럼 청혼을 할 용기를 내지 못했습니다. 그러던 와중에 1차 세계대전이 터졌고, 저는 전쟁에 나가야 했죠. 전장 한가운데서도 저는 오직 그녀 생각뿐이었습니다. 하지만… 전쟁이 끝나고 돌아오니, 그녀는 이미 다른 남자와 결혼했더군요."

브래드와 노빈손은 저도 모르게 "허" 하고 탄식을 뱉었다. 캐츠비는 마른 입술을 매만지며 계속 말을 이었다.

"그녀를 잃고 삶의 의미를 잃은 저는 오직 돈 버는 일에만 매진하게 되었습니다. 하지만 많은 돈을 벌어도 그녀를 잊을 수는 없었습니다. 그래서 저는 그녀가 사는 집의 강 건너편에 이 집을 지었습니다. 그리고 매일 밤 파티를 열면서 그녀가 와 주기만을 기다렸죠. 제 정체를 밝히지 않은 건……."

캐츠비가 한숨을 쉬었다.

"혹시 그녀가 제 정체를 알게 될 경우,

1차 세계대전

영국 · 프랑스 · 러시아 연합국과 독일 · 오스트리아 동맹국이 양 진영의 중심이 되어 싸운 세계전쟁. 1914년부터 4년간 지속된 이 전쟁에서 양 진영은 징병제로 병력을 키웠고 모든 경제력을 총동원하여 팽팽하게 맞섰다. 하지만 미국이 참전하자 연합국 측이 우위에 섰다. 1차 세계대전에서는 독가스, 전차, 폭격기 등 이전의 전쟁에서 볼 수 없었던 대량살상 무기가 등장해 수많은 사람이 죽었다. 이 때문에 2차 세계대전과 더불어 인류 역사상 가장 끔찍한 전쟁으로 꼽힌다.

옛 애인이었던 저를 피해서 이사라도 갈까 봐 두려워서였습니다. 그저 먼발치에서라도 그녀를 보고 싶었습니다."

캐츠비의 순정에, 노빈손과 브래드는 물론이고 엘리엇의 마음까지 짠해졌다. 브래드는 손수건을 꺼내 눈물까지 훔쳤다. 노빈손은 예전에 캐츠비가 말한 '돈으로 살 수 없는 것'이 바로 데이지였음을 깨닫고서 아련한 표정으로 물었다.

"그래서 그녀는 만나셨나요?"

"아뇨. 데이지는 한 번도 파티에 오지 않았습니다. 그래서 저도 슬슬 마음을 정리하고 고향으로 내려가려던 참이었습니다. 그동안 너무 오래 바보처럼 살았죠."

"잘 생각하셨습니다. 지금 알까보이네 갱단은 술 거래 상대를 잃어서 큰 곤란을 겪고 있습니다. 그들은 당신을 쉽게 포기하지 않을 테니, 하루라도 빨리 떠나시는 게 좋을 겁니다."

엘리엇의 말에 캐츠비가 작게 고개를 끄덕였다.

그때 파티장에서 사람들의 웅성대는 소리가 들려왔다. 방에 모여 있던 넷은 무슨 일인가 싶어 밖으로 나갔다.

"캐츠비 님? 누가 캐츠비 님이시죠?"

한 남자가 파티장에 서서 식은땀을 뻘뻘

똑똑한 마피아, 럭키 루치아노

럭키 루치아노(1897~1962년)는 알 카포네가 시카고를 주름잡고 있을 무렵에 뉴욕을 평정했던 마피아다. 마피아 사업에 기업 경영 방식을 도입하여 조직의 체계화를 꾀한 영리한 인물이었다. 밀주·매춘·마약·도박 외에 제과나 무역 같은 합법적인 사업도 했다. 그의 별명인 '럭키'는 그가 주사위 도박에 능한 데다 다른 마피아들의 습격에서 몇 번이고 운 좋게 살아남았기 때문에 붙여진 것이다.

★★★★★★★★★★★★★★★★

흘리며 캐츠비를 찾고 있었다. 엘리엇이 남자에게 배지를 보여 주며 물었다.

"연방수사국 요원입니다. 무슨 일입니까?"

"아이고, 요원님. 저는 강 건너편 저택에 사는 집사입니다. 저희 집 주인마님이 웬 불한당들에게 납치되셨습니다. 놈들이 이 편지를 캐츠비 씨에게 주라며 남기고 갔지 뭡니까."

남자가 주머니에서 편지를 꺼내 엘리엇에게 내밀었다.

TO. 캐츠비

데이지를 데리고 있다. 이 여자를 살리고 싶으면 지금 당장 맨해튼 8번 애비뉴의 동쪽 가장자리에 있는 빌딩 옥상으로 와라. 단, 당신 혼자 무기 없이 올 것. 이를 어기면 여자의 목숨은 없다.

"세상에, 데이지……!"

편지를 읽은 캐츠비의 안색이 새파랗게 질렸다. 엘리엇이 심각한 얼굴로 말했다.

"알까보이네 갱들이 당신 뒷조사를 한 모양이군요. 당장 연방수사국에 지원을 요청하겠습니다."

엘리엇은 서둘러 저택 밖으로 나서려 했다. 하지만 캐츠비가 두 팔을 크게 벌리고 앞을 막아섰다.

"안 돼요. 경찰을 부르면 갱들이 눈치 챌 겁니다. 저 혼자 가겠습니다."

"무슨 소리, 그건 절대 안 돼요."

"저 때문에 그녀를 위험에 처하게 할 순 없습니다. 만약 그녀에게 무슨 일이 생긴다면, 저도 죽을 겁니다."

캐츠비의 목소리는 한 치의 흔들림도 없었지만 눈빛만큼은 지극히 간절했다. 엘리엇이 난감한 표정을 지으며 노빈손을 바라보았다. 노빈손, 브래드, 엘리엇은 잠시 머리를 맞대고 대책을 논의했다. 브래드가 말했다.

"어쩌죠? 절대 포기 안 할 것 같은데……."

"하지만 그렇다고 혼자 보낼 순 없잖아."

엘리엇이 골치 아프다는 듯이 고개를 절레절레 흔들었다. 잠시 생각에 빠져 있던 노빈손이 입을 열었다.

"그렇다면 작전을 짜 보죠. 캐츠비 씨는 우수한 군인이었다고 하니까, 쉽게 당하지는 않을 거예요. 이런 건 어때요?"

인질 구출 대작전

"어서 오시오, 캐츠비 씨."

빌딩 옥상에 도착한 캐츠비를 맞은 건 다름 아닌 공포의 왕발과 그의 부하였다. 공포의 왕발은 곧바로 캐츠비의 몸을 구석구석 뒤지기 시작했다. 몰래 따라온 노빈손, 엘리엇, 브래드는 캐츠비가 있는 빌딩 반대편의 건물 옥상에 숨어 상황을 엿보고 있었다. 노빈손이 초초한 표정으로 중얼거렸다.

"캐츠비 씨가 작전대로 잘해야 할 텐데."

캐츠비의 몸수색을 끝낸 공포의 왕발은 흡족한 표정을 지었다.

"좋아. 무기는 없는 것 같군. 그럼 데이지를 보여 드리지."

공포의 왕발이 고개를 까딱하자 그의 부하가 비켜 섰다. 그러자 총으로 위협당한 채 의자에 힘없이 앉아 있는 데이지가 시야에 들어왔다.

"캐츠비!"

데이지는 불안과 공포가 파도치는 듯한 목소리로 캐츠비의 이름을 불렀다. 캐츠비는 아무 대답도 하지 않았다. 하지만 그는 심장에 천천히 못이 박히는 것 같은 고통

재즈, 너는 누구냐?

재즈의 고향은 미국 뉴올리언스다. 뉴올리언스는 원래 다양한 인종들이 한데 어울려 사는 곳이었고, 1차 세계대전 이후에는 군사 항구로 지정되어 군악대들도 자유롭게 드나들었다. 그래서는 뉴올리언스에서는 흑인들의 영가, 블루스와 백인들의 유럽 클래식이 한데 섞이면서 독특한 음악 형식이 탄생했는데 이게 바로 재즈다. 특징으로는 관악기 위주의 연주, 불규칙적인 리듬, 자유분방한 액센트, 즉흥성 등이 꼽힌다.

을 느끼고 있었다. 그토록 꿈꾸던 재회의 순간이 이토록 잔인할 줄이야.

공포의 왕발은 둘을 번갈아 보며 비릿한 웃음을 지었다.

"캐츠비 씨, 우리의 요구 조건은 딱 하나요. 우리와 술을 거래할 것. 만약 이 조건을 거부한다면 이 여자의 목숨은 없소."

다른 갱이 데이지의 머리를 향해 총을 겨누었다. 코앞에 다가온 죽음을 느낀 데이지는 이루 말할 수 없는 두려움을 담은 눈으로 캐츠비를 올려다보았다.

하지만 캐츠비는 그녀의 시선을 차갑게 외면했다.

"좋소, 그럼 죽이시오."

그 순간, 지구에 다시 빙하기가 도래하기라도 한 것처럼 갱들의 분위기가 썰렁해졌다. 잠시 멍하니 있던 공포의 왕발은 당황한 나머지 말까지 더듬었다.

"뭐… 뭐라고? 이 여자는 네가 사랑하는 여자가 아니었나?"

"사랑? 사랑이라고? 하!"

캐츠비가 콧방귀를 뀌더니 분노가 치밀어 오른다는 표정으로 데이지를 향해 삿대질을 했다.

"저 여자는 나를 배신하고 다른 남자와 결혼했어! 심지어 내가 전쟁에서 살았는지 죽었는지조차 알려 하지 않았단 말이야! 그런데 내가 왜? 뭣 때문에 저 여자를 위해서 희생해야 하지?"

"아…아니, 그게……"

갱들은 난감한 표정으로 서로를 바라보았다. 뜻밖의 사태에 그

들이 갈피를 못 잡고 우왕좌왕하자, 캐츠비가 갱들에게 성큼 다가섰다.

"저 여자 얼굴만 봐도 화가 치밀어 오르는데, 뭘 꾸물거리고 있는 거요? 차라리 내가 죽이겠소!"

캐츠비는 목에 핏대를 세우며 공포의 왕발에게 달려들어 총을 빼앗았다. 캐츠비가 그 총을 데이지에게 겨누자 공포의 왕발은 기겁을 했다. 그는 악당으로서의 체면도 내려놓고서 캐츠비를 뜯어 말렸다.

"아니, 캐츠비 씨. 이러지 마시고 이성적으로 생각을……."

"놔! 죽여 버릴 거야! 어떻게 사랑이 변하니?"

캐츠비는 악을 쓰며 하늘을 향해 탕탕 총을 발사했다. 하지만 그것이 신호인 줄도 모르는 갱들은 캐츠비에게 매달려 낑낑댔다. 공포의 왕발은 총을 쏘고 나서 조금 진정된 것 같은 캐츠비의 땀까지 닦아 주며 말했다.

"휴, 네. 캐츠비 씨, 심정은 알겠지만 그래도 옛정을 생각하셔야죠. 이렇게 예쁜 여자를 어떻게 죽입… 어, 어? 이 여자 어디 갔어?"

방금 전까지 의자에 묶여 있던 데이지가 보이지 않았다. 캐츠비를 말리는 데 정신이 팔려 있던 갱들은 뒤늦게 데이지가 없어진 것을 알고 황급히 주위를 둘러보았다.

"짜잔! 정의의 용사 등장이시다!"

혼란을 틈타 데이지를 구출한 노빈손과 브래드가 갱들에게 의기양양한 포즈를 취해 보였다. 노빈손을 발견한 공포의 왕발은 귀신이라도 본 듯한 얼굴을 했다.

"너, 넌? 노빈손! 너 살아 있었냐?"

"젠장, 목숨도 질기군. 죽어라!"

부하 갱이 총을 빼들었다. 그러나 때맞춰 엘리엇의 발차기가 뒤에서 날아들었다. 갱은 비명을 올리며 넘어졌다.

"어억!"

노빈손은 바닥에 떨어진 총을 잽싸게 주워 들었다. 이제 총 하나는 캐츠비의 손에, 다른 총 하나는 노빈손의 손에 있었다. 상황이 불리해졌음을 깨달은 갱들은 신음을 뱉으며 뒷걸음질 쳤다.

"젠장, 일단 도망가자."

"어딜 가! 이리 와, 이 녀석들아!"

엘리엇이 도망가는 부하 갱을 넘어뜨려 수갑을 채웠지만, 공포의 왕발은 그 틈을 노려 도주했다.

캐츠비는 황급히 데이지에게로 다가갔다.

"데이지!"

"캐츠비!"

"오, 데이지, 미안해요. 당신에게 이런 꼴을 당하게 하다니. 아까 그건 진심이 아니라, 당신을 구하기 위한 연기였어요."

"맞아요, 훌륭한 즉흥 연기였어요. 역시 스승이 좋으니까……."

캐츠비의 연기를 지도한 브래드가 옆에서 자화자찬했다. 그러거나 말거나, 이제까지 애써 차가움을 가장하던 캐츠비의 얼굴이 순식간에 뜨거운 눈물로 뒤덮였다. 데이지는 연신 사과를 하는 캐츠비를 향해 고개를 내저었다.

"아니에요, 캐츠비. 사실 저는 오래전부

세계 최대의 테마파크, 디즈니랜드

디즈니랜드는 월트 디즈니 사가 건설한 엄청난 규모의 테마 공원이다. 아이들이 디즈니 애니메이션을 보며 상상하고 꿈꾸었던 것을 현실에서 직접 경험할 수 있도록 만들어진 이 공간에는 '모험의 나라', '개척의 나라', '동화의 나라', '미래의 나라' 등 일곱 개 구역이 자리잡고 있다. 이곳에 가면 여러 디즈니 캐릭터들을 만나 볼 수 있고, 다양한 놀이기구를 타 볼 수 있다. 현재 디즈니랜드는 미국, 일본, 중국, 홍콩, 프랑스에 세워져 있다.

터 당신이 제 집 근처에 살고 있다는 걸 알고 있었어요. 하지만 당신을 볼 면목이 없었답니다. 제 부모님은 당신이 전쟁에서 죽었다고 말했어요. 그래서 저는 다른 남자와 결혼을 했고, 아이까지 낳았죠. 정말 미안해요. 당신을 사랑했던 건 사실이지만, 나는 이제 다른 사람의 아내랍니다."

"데이지……."

"캐츠비, 그러니 이젠 날 그만 잊고 행복해져요. 당신의 사랑은 제 가슴속에 영원히 간직할게요."

데이지는 조심히 손을 뻗어 캐츠비의 눈물을 닦아 주었다. 캐츠비는 서글픈 미소를 지으며 고개를 끄덕였다. 브래드와 노빈손은 촉촉한 눈으로 이 광경을 바라보았다.

며칠 후, 365일 내내 환하던 캐츠비 저택의 불빛이 모두 꺼졌다. 캐츠비가 재산을 정리하고 고향으로 내려가기로 결심한 것이었다. 노빈손, 브래드, 엘리엇은 기차역에서 서서 떠나는 캐츠비를 배웅했다.

"캐츠비, 고향에 가서 꼭 편지해요. 행복하고요."

"맞아요. 좋은 여자 만나요."

캐츠비는 셋과 번갈아 가면서 포옹을 나누었다.

"고마워요. 이제 과거를 뒤로하고 새 삶을 살아갈 수 있을 것 같아요."

캐츠비는 홀가분한 표정으로 기차에 올라탔다. 노빈손은 기차가 완전히 시야에서 사라질 때까지 계속 손을 흔들었다. 브래드가 말했다.

"휴우, 너무 슬픈 사랑 이야기였어요. 나중에 이 이야기를 영화로 만들어서 캐츠비의 사랑을 기리고 싶어요. 제목은 〈위대한 캐츠비〉가 어떨까요?"

"좋은걸? 할리우드에 가서 채플린을 만나면 꼭 말해 봐."

노빈손은 그렇게 말하며 서글픈 눈으로 브래드를 바라보았다. 캐츠비에 이어, 브래드도 할리우드행 기차를 타고 이곳을 떠난다. 오늘 노빈손은 이별을 두 번이나 해야 한다.

곧이어 할리우드로 가는 기차가 도착했다. 기차에 올라탄 브래드는 북받쳐 오르는 눈물을 숨기지 못했다.

"노빈손! 고마워요! 제 검은 구레나룻이 파뿌리가 될 때까지, 노빈손의 은혜를 잊지 않을 거예요!"

"잘 가! 꼭 배우로 성공해야 해!"

차례로 두 사람을 떠나 보낸 노빈손의 머릿속에 새로운 깨달음이 스쳤다.

'둘 다 잘되긴 했는데… 이제 얼마 안 있으면 대공황이 오겠지?'

노빈손은 착잡한 심경으로 엘리엇을 바라보았다. 엘리엇은 손목시계에서 눈을 떼지 못하고 있었다.

"엘리엇, 누구 기다리세요?"

브래드 피트

브래드 피트(1963년~)는 미국의 유명한 배우이자 영화 제작자다. 그는 미주리 대학에서 저널리즘을 전공하다가 배우가 되기 위해 LA로 건너가 연기를 공부했다. 1991년 영화 〈델마와 루이스〉에 출연해 관객의 주목을 끌기 시작했고, 〈가을의 전설〉 〈파이트 클럽〉 〈세븐〉 〈오션스 일레븐〉 등을 통해 할리우드를 대표하는 배우로 자리매김했다.

★★★★★★★★★★★★★★★★

"그래. 이제 슬슬 오실 때가 되었는데."

엘리엇의 말이 끝나기 무섭게 검은색 캐딜락 한 대가 다가와 둘 앞에 멈추어 섰다. 캐딜락의 창문이 소리 없이 스윽 열렸다. 노빈손이 기겁을 했다.

"누구? 헉!"

"네 이놈, 맛 좀 봐라!"

창문 틈으로 모습을 내보인 것은 바로 공포의 왕발이었다. 그가 검고 기다란 뭔가를 꺼내들었다. 그것은 바로 톰슨 머신 건이었다.

"이게 바로 진짜 시카고 타자기다!"

두두두두! 시끄러운 소리와 함께 톰슨 머신 건이 무차별 난사되었다. 혼비백산한 노빈손은 걸음아 나 살려라 도망치기 시작했다.

"에잇, 받아라!"

엘리엇도 품에서 총을 꺼내 반격했지만, 그의 총알은 유리창을 관통하지 못하고 그대로 박혔다.

"젠장, 방탄유리잖아. 갱단 주제에!"

엘리엇은 초조하게 중얼거리며 노빈손과 함께 총알을 피해 뛰었다. 하지만 설상가상으로, 둘의 앞쪽에서 또 다른 차 한 대가 돌진해 오고 있었다. 노빈손의 표정이 절망으로 물들었다.

"저쪽에서도 알까보이네 갱단이 오잖아. 이제 끝인가?"

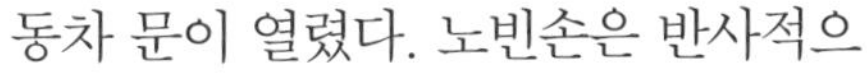

달려오던 차가 끼익 소리를 내며 두 사람의 앞을 막아섰다. 자동차 문이 열렸다. 노빈손은 반사적으로 얼굴을 감싸 쥐었다. 하지만 들려온 것은 부드러운 음성이었다.

"미안, 내가 좀 늦었지? 어서 타라고!"

"어, 당신은?"

자동차에 타고 있던 사람은 다름 아닌 프랭클린 루스벨트였다.

1920년대 최고의 스타를 뽑아라!

브래드의 할리우드 밀착 인터뷰

친구들 안녕, 나는 할리우드의 대박 스타를 꿈꾸는 브래드야. 오늘 나는 1920년대의 최고 스타를 뽑는 시상식이 열리는 할리우드로 갈 거야. 할리우드 인기 스타들을 볼 생각에 벌써 가슴이 두근두근 뛰네! 지금 당장 같이 할리우드로 떠나 보자!

브래드 ··· 자, 그럼 지금부터 스타들을 만나 볼까? 먼저, 강력한 수상 후보인 찰리 채플린 씨부터 인터뷰해 보자고!
영화 역사상 가장 위대한 배우로 손꼽히고 계신 채플린 선생님, 안녕하세요. 친구들에게 소개 좀 부탁드려요.

찰리 채플린 ··· 내 영화를 본 적 없는 친구들은 있어도, 내 얼굴이나 이름을 들어 본 적 없는 친구들은 아마 없겠지? 원래 나는 영국에 태어났고, 아주 가난한 어린 시절을 보냈다네. 하지만 연극 배우셨던 부모님의 재능을 물려받아 열 살 때 연극 무대에 데뷔했고, 1912년에는 미국으로 건너와 영화사와 계약을 맺게 되었지. 그

렇지만 당시 희극영화들은 웃기는 것에만 집착해 줄거리가 너무 조악했어. 그래서 나는 직접 영화를 만들기로 작정했고, 1921년에는 〈키드〉로 큰 성공을 거두었지.

브래드 ··· 그 후로는 혼자서 배우, 감독, 연출, 각본, 음악까지 스스로 도맡아 하면서 영화를 찍고 계시죠.

찰리 채플린 ··· 브래드, 자네도 물론 내 영화는 빠짐없이 봤겠지?

브래드 ··· 물론이죠! 채플린 씨의 영화는 단순히 재미만 주는 것이 아니라, 사회에 대한 날카로운 비판과 강한 풍자 의식이 담겨 있어서 볼 때마다 감동이거든요.

그럼 이번에는 익살스러운 채플린 씨 옆에서 시종일관 무표정을 짓고 계신 분을 만나 볼까요? 안녕하세요. 버스터 키튼 씨!

버스터 키튼 ··· 안녕하시오!

브래드 ··· 키튼 씨는 찰리 채플린 씨와 함께 양대 산맥을 이루는 희극배우 겸 감독이신데요. 어떻게 그토록 딱딱한 무표정으로 시종일관 관객들을 웃기실 수 있나요?

버스터 키튼 ··· 하하. 나는 예전부터 '영화'라는 매체 자체에 관심이 많

왔다네. 그래서 나는 익살스러운 표정이나 웃기는 스토리보다는 영화의 다양한 기법을 실험해 보면서 관객들에게 재미를 주려 했지. 아마 기존에 시도된 적 없는 독특한 연출을 많이 선보인 게 내 인기의 비결 아닐까 싶군.

까아아아악——!!

버스터 키튼 ···› 으, 그런데 이게 무슨 소리지? 비명 소리에 귀청이 떨어져 나갈 것 같군!

브래드 ···› 헉, 메이 웨스트 씨가 도착했네요. 벌써 그녀 주위에 남성들이 몇 겹으로 진을 치고 있는데요, 제가 뚫고 들어가 인터뷰를 해 보겠습니다. 헉헉, 메이 웨스트 씨, 안녕하세요!

메이 웨스트 ···› 안녕, 꼬마야. 사인해 줄까?

브래드 ···› 그것도 좋지만 그 전에 자기 소개 좀 부탁드려요!

메이 웨스트 ···› 난 뉴욕 브루클린에서 태어나서 일곱 살 때부터 무대에 올랐어. 그 후로는 연극 무대와 영화를 종횡무진하며 배우로 활동 중이지. 보다시피 나의 아름다운 금발과 풍만한 가슴, 도발적인 눈빛 때문에 내가 가는 곳마다 남자들이 구름 떼처럼 몰려들어. 하지만 나를

단순한 섹시스타로 오해해서는 곤란해. 나는 연극과 영화의 대본을 쓰는 극작가인 동시에, 여성과 동성애자를 위해 활동하는 운동가이기도 하다고!

브래드 ··· 오오, 그래서 메이 웨스트 씨가 다른 여성 배우들의 존경을 받는 거군요. 채플린 씨에 키튼 씨, 메이 웨스트 씨까지. 이야~ 오늘은 후보들이 정말 엄청나게 쟁쟁하네요!

더글러스 페어뱅크스 ··· 이거 섭섭한걸. 날 빼놓고 할리우드 최고 스타를 논할 셈인가?

브래드 ··· 그럴 리가요! 안녕하세요, 더글러스 씨. 더글러스 씨는 〈쾌걸 조로〉 〈삼총사〉 〈로빈 후드〉 등 모험극의 주인공으로 요즘 인기가 하늘을 찌르시는데요, 최초의 액션 배우로서 모험극을 선택하신 특별한 이유가 있나요?

더글러스 페어뱅크스 ··· 보다시피 나는 빼어난 미남은 아니지 않는가? 그래서 외모 대신 뛰어난 운동신경과 특유의 쾌활한 분위기로 승부하기로 마음먹었지. 내 장기를 살려 과장된 몸짓의 유쾌한 모험극을 선보였더니 사람들 반응이 열광적이었다네. 모험극이 사람들의 지친 몸과 마음을 달래 주는 청량제 역할을 한 거지. 게다가 나는 스턴트맨을 쓰지 않고 직접 연기를 펼치는 것을 선호하는 열혈 배우이기도 하거든.

브래드 ⋯› 와~ 이거 정말 누구에게 상을 줘야 할지 모르겠네요. 하지만 수상자는 단 한 명뿐. 이제 수상자가 발표될 시간입니다. 과연 누가 1920년대 최고 할리우드 스타일까요?

사회자 ⋯› 자, 고대하시던 1920년대 최고 할리우드 스타상을 발표하겠습니다.

두구두구두구~~

수상자는 바로⋯ **미키 마우스**입니다!

찰리 채플린, 버스터 키튼, 메이 웨스트, 더글러스 페어뱅크스 ⋯› 뭐라고?

브래드 ⋯› 뭐라고요? 이거 전혀 예상치 못한 결과가 나왔는데요? 그럼 미키 마우스 씨를 안 만나볼 수 없죠. 동글동글한 몸체에 가늘고 긴 팔다리를 지닌 지구 최고의 인기 생쥐, 미키 마우스 씨입니다! 수상 소감 좀 부탁드려요!

미키 마우스 ⋯› 안녀엉~? 제가 바로 1920년대 할리우드의 최고 스타

미키 마우스입니다. 이 영광을 저를 탄생시켜 주신 월트 디즈니 씨와 어브 아이웍스 씨에게 돌립니다!

저를 만드시기 전, 두 분은 거듭된 실패로 좌절하고 있었어요. 하지만 포기를 모르는 두 분은 또다시 린드버그의 대서양 횡단에서 영감을 받아서 애니메이션 〈정신 나간 비행기〉를 만드셨습니다. 이 애니메이션의 주인공이 바로 저, 미키 마우스예요.

사실 〈정신 나간 비행기〉 때만 해도 이렇게 인기를 얻을 줄은 몰랐어요. 하지만 후속작인 유성 영화 〈증기선 윌리〉가 대박을 치면서, 저는 당대 최고 스타가 되었답니다. 어른, 아이 구분 없이 모두 저에 열광했고, 저의 캐릭터 상품도 불티나게 팔려나갔죠. 그러니 저의 이번 수상은 당연한 결과가 아닐까요?

3부

노빈손 루스벨트의 비서가 되다

무사히 갱들을 따돌리고 뉴욕 주지사 사무실에 도착한 루스벨트는 노빈손에게 악수를 청했다.

"우리 구면이지? 엘리엇이 말한 젊은이가 바로 자네였군. 저번 연설 때, 자네가 나를 격려해 준 덕에 포기하지 않고 연단에 오를 수 있었네. 정말 고맙네."

"에이, 뭘요. 다시 만나서 반갑습니다. 전 노빈손이라고 합니다."

"난 엘리엇의 친구인 프랭클린 루스벨트라고 하네."

그제야 상대의 이름을 제대로 들은 노빈손은 깜짝 놀라 맞잡은 손에 힘을 주었다.

"허억, 프랭클린 루스벨트? 그럼 루스벨트 대통령?"

프랭클린 루스벨트는 미국의 32대 대통령으로, 대공황의 늪에 빠진 미국을 성공적으로 이끈 인물이었다. 그는 국민들의 뜨거운 지지 아래 미국 역사상 유일하게 대통령직을 네 번이나 지내기도 했다.

하지만 자신의 미래를 알 리 없는 루스벨트는 노빈손의 말에 껄

껄 웃었다.

"엘리엇이 자네까지 세뇌시킨 모양이군. 대통령이라니! 난 그냥 뉴욕 주지사일 뿐일세."

"그냥 주지사가 아니라, 뉴욕의 희망 전도사라 불리는 주지사시죠. 루스벨트 님이 스스로 연단에 오르시는 모습을 보고 감명을 받은 뉴욕 시민들이 그렇게 부르지 않습니까."

엘리엇이 자랑스럽다는 듯 말하자, 루스벨트는 쑥스럽다는 듯이 안경을 추켜올렸다.

"그런데, 엘리엇 자네는 온 지 얼마나 되었다고 벌써 떠나려는 건가?"

루스벨트가 소파에 걸쳐 둔 모자를 쓰는 엘리엇을 보며 못 말린다는 듯 말했다.

"루스벨트 님이 이렇게 분발하시니, 저도 시카고로 가서 알까보이네를 잡아야죠. 그때까지 노빈손을 좀 부탁드립니다. 보기에는 이래도, 꽤 똘똘한 녀석이니 쓸모가 있을 겁니다."

엘리엇의 말을 들은 노빈손은 깜짝 놀랐다.

"엘리엇, 질 두고 가시는 거예요? 저도 알까보이네를 잡는 걸 돕고 싶어요!"

"안 돼. 지금 시카고로 오면 알까보이네

네 번이나 당선되었다네

미국의 초대 대통령인 조지 워싱턴은 국민들의 지지 속에 대통령직을 두 번 지냈다. 그 후 140년의 세월이 흐르는 동안 두 번 이상 대통령직을 지낸 미국 대통령은 없었다. 프랭클린 루스벨트는 미국 역사상 유일하게 네 번이나 대통령에 당선된 인물이다. 루스벨트의 4선에는 국민들의 높은 신뢰 외에도 강력한 리더십을 필요로 하는 대공황과 2차 세계대전이라는 상황 등이 작용했다.

갱단이 널 살려 두지 않을 거야. 그러니 당분간 여기서 루스벨트 님을 도와드려. 이곳은 비교적 안전하니까."

엘리엇의 말투는 단호했지만, 노빈손을 바라보는 시선에서는 깊은 걱정이 묻어 나왔다. 노빈손은 어쩔 수 없이 고개를 끄덕였다.

"후우, 알았어요. 그럼 우리 나중에 다시 만나는 거죠?"

"물론이지. 그동안 넌 여기에 니 못생긴 엉덩이 딱 붙이고 있어. 촐싹대다가 무슨 일 나는 건 책임 못 진다. 알지?"

"하여간 끝까지 듣기 좋은 말은 안 한다니까."

노빈손은 혀를 내둘렀다. 엘리엇은 씨익 웃고는 손을 흔들며 뉴욕 주지사 사무실을 떠났다.

그 후, 노빈손은 루스벨트의 비서로 일하게 되었다.

곁에서 보니 그는 엘리엇 못지않은 일 중독자였다. 시민들을 위한 새로운 구상으로 머릿속이 꽉 찬 루스벨트는 휠체어를 탄 채 하루 종일 바쁘게 움직였다.

"루스벨트 님, 점심 안 드세요?"

노빈손은 식사도 잊고 서류 더미에 파묻혀 있는 루스벨트에게 물었다. 오전에 간식을 먹었는데도 점심시간이 되자 노빈손의 위가 어김없이 음식을 요구했던 것이다. 루스벨트에게 있어 24시간 가동되는 신체 기관이 뇌라면 노빈손에겐 위였다.

하지만 서류 더미 틈으로 얼굴만 빠끔 내민 루스벨트는 괜찮다는 듯 고개를 저었다.

"난 신경 쓰지 말고 먹게나. 난 회의가 있어서 나가 봐야 하거든."

루스벨트는 수행원과 함께 휠체어를 끌고 회의 장소로 향했다. 노빈손은 염려스레 루스벨트의 뒷모습을 바라보며 보좌관에게 말했다.

"에구, 몸도 안 좋으신데… 드시지도 않고 너무 일만 하시네요."

"네. 요즘은 너무 피곤하셔서 그런지 입맛도 없으신가 봐요. 최고급 스테이크나 캐비어를 준비해 드려도 그냥 한두 입 들고 마시더라고요."

보좌관의 말에 노빈손은 침을 꿀꺽 삼켰다. 살면서 각종 경험을 다 해 봤지만 입맛이 없는 적은 없었던 노빈손이었다.

"듣자 하니 입맛이 없을 때는 너무 기름지거나 부담되지 않는 음식이 좋다던데. 그런 게 뭐가 있을까?"

고민하던 노빈손은 부쩍 쌀쌀해진 가을 공기를 느끼곤 벽난로 앞으로 갔다. 타닥기리며 다오르는 화롯불에 장작을 던져 넣던 노빈손의 머릿속에 아이디어가 떠올랐다.

자동차 vs 전차

1920년대 미국인들이 가장 애용한 교통수단은 바로 노면전차였다. 자동차 회사들은 전차가 자동차 판매를 막는 가장 큰 원인이라 생각했다. 이에 자동차 회사들은 전차 노선을 사들여서 버스 노선으로 바꾸거나, 각 지방자치 단체들에게 전차 노선을 폐기하라는 압력을 넣었다. 자동차 회사들의 이런 행동 때문에, 1955년에는 전국 전차망의 88%가 사라지고 만다.

★★★★★★★★★★★★★★★★

"아, 그래. 그거라면?"

그날 저녁, 어김없이 정신없는 하루를 보낸 루스벨트는 휠체어를 끌고서 집무실로 가는 중이었다. 복도를 지나는 그의 코끝으로 구수하면서도 달콤한 냄새가 와 닿았다.

"음? 이게 무슨 냄새지?"

아침, 점심은 물론 저녁도 먹는 둥 마는 둥 했던 그는 자신도 모르게 냄새의 근원을 따라갔다. 이윽고 루스벨트가 도착한 곳은 바로 노빈손이 있는 비서실이었다.

"빈손, 자네 뭐 하나?"

루스벨트가 방문을 열자, 벽난로 앞에 쪼그려 앉아 있던 노빈손이 반갑게 뒤를 돌아보았다. 노빈손의 입 주변에는 새까만 숯이 덕지덕지 묻어 있었다.

"루스벨트 님, 어서 오세요! 지금 군고구마 굽고 있어요. 루스벨트 님을 기다리려고 했는데, 너무 배고파서 먼저 몇 개 먹어 버렸지 뭐예요. 그래도 아직 많이 있어요."

노빈손은 노릇노릇하게 구워진 고구마 하나를 루스벨트에게 내밀었다. 얼떨결에 군고구마를 받아 든 루스벨트는 배에서 나는 꼬르륵 소리에도 불구하고 잠시 망설였다. 뉴욕 주지사가 군고구마를 허겁지겁 먹는 장면은 너무 채신없어 보일 것 같았기 때문이었다.

"아니, 나는 괜찮네."

"에이, 그러지 말고 드셔 보세요. 브래드가 알려 준 방법으로 고른 최고급 고구마를, 말숙이에게 배운 비장의 비법으로 구웠다니까요."

입에 호수처럼 침이 고여 있던 루스벨트는 결국 김이 모락모락 나는 고구마를 한 입 깨물었다. 군고구마의 깊은 구수함이 혀를 감싸 오자 루스벨트는 탄성을 내뱉었다. 입천장이 까질 듯한 뜨거움도 문제가 되지 않는 맛이었다.

"아니, 이거…! 정말 맛있군."

"그렇죠? 아, 신 김치가 있으면 더 좋을 텐데."

둘은 옹기종기 앉아 군고구마를 먹었다. 군고구마를 열심히 먹던 루스벨트에게서 이윽고 방귀 소리까지 났다.

"흠흠."

루스벨트의 얼굴이 빨개지자, 노빈손은 히히 웃으며 입을 열었다.

"그런데 루스벨트 님. 건강 좀 챙기면서 쉬엄쉬엄 일하세요. 요즘 너무 무리하시는 거 아닌가요?"

"나도 그러고 싶은데, 새로운 정책을 국회에 통과시키는 게 쉽지 않아서 말이야. 요즘 반대편인 공화당 측에서 내 정책들을

공화당 vs 민주당

공화당과 민주당은 미국의 가장 영향력 있는 두 정당이다. 공화당은 세금 감면, 연방 정부의 권한 축소, 개인의 자유와 경제 활동의 확대 등을 주요 정책으로 내세우며, 남부 백인들과 부유층의 지지를 받는다. 반면 민주당은 연방 정부의 적극적 역할 수행을 강조하고, 소득 재분배와 시민권 보장을 중시하는 정책을 편다. 루스벨트의 뉴딜 정책 이후 민주당은 이민자들과 저소득층의 높은 지지를 받았다. 공화당 출신의 대통령으로는 에이브러험 링컨, 시어도어 루스벨트, 조지 부시 등이 있고, 민주당 출신의 대통령은 프랭클린 루스벨트, 존 F 케네디, 버락 오바마 등이 있다.

거세게 비난하고 있거든."

"무슨 정책인데요?"

"정책의 핵심은 가난한 사람들을 보호하고 그들이 스스로 일을 할 수 있도록 도와주자는 걸세. 하지만 공화당에서는 이런 호황기에 뭐하러 그런 정책으로 국가의 돈을 낭비하냐고 주장한다네."

"아니, 영원한 호황이 어디 있어요. 호황 뒤에는 반드시 불황이 오기 마련이잖아요?"

"내 생각도 바로 그거네. 지금 공장들은 호황만 믿고 너무 많은 물건을 찍어 내고 있어. 하지만 요즘 많이 생산되는 자동차나 냉장고 같은 물건들은 농산물과 달라서 쉽게 유행을 탄다네. 게다가 사람들은 주식만 있으면 부자가 될 거라는 생각으로 전 재산을 주식에 투자하지. 하지만 주식은 그렇게 안전한 게 아니야. 계속 이대로 가다가는 머지않아 나라 경제 전체가 요동칠 걸세."

루스벨트는 따뜻한 난롯불을 앞에 두고서 현 경제 상황에 대하여 조곤조곤 알기 쉽게 설명해 주었다. 마치 아버지가 아이에게 옛이야기를 들려주는 것처럼 편안한 말투였다. 집중해서 듣던 노빈손이 입을 열었다.

"예전부터 생각했지만 목소리가 참 좋으시네요. 설명도 잘하시고요. 이해가 쏙쏙 되는 느낌이에요. 라디오 진행자 하시면 참 잘하실 것 같아요."

"하하, 라디오 진행자가 되어서 시민들에게 정책이나 정치 상황에 대해서 이야기를 들려줄 수 있으면 정말 좋겠군. 정책 설명회나 연설회는 영 딱딱한 데다, 자주 열 수도 없으니 말이야."

루스벨트는 그렇게 말하며 책상 위에 놓여 있는 라디오로 시선을 옮겼다. 라디오를 보던 그의 뇌리 속에 노빈손의 아이디어가 꽤 그럴싸하다는 생각이 스쳤다.

'그래, 정말로 라디오로 방송을 해 보면 어떨까?'

며칠 뒤, 루스벨트는 그 아이디어를 실천에 옮겼다. 당시 정치가들은 라디오 방

노변담화

난롯가에 앉아 정답게 나누는 이야기라는 뜻으로, 프랭클린 루스벨트 대통령이 라디오를 이용하여 국민에게 직접 호소한 담화들을 일컫는다. 노변담화는 루스벨트가 뉴욕 주지사이던 시절에 처음으로 시작되었으며 그가 대통령이 된 이후 더욱 활성화되었다. 루스벨트는 노변담화를 통해 뉴딜 정책과 은행 시스템에 내해 설명했고 국민들이 대공황을 극복할 수 있도록 희망과 용기를 불어넣어 주었다.

송에 출연해도 "친애하는 시민 여러분" 하며 엄숙하게 분위기를 잡은 후 자신의 할 말을 늘어놓을 뿐이었다. 하지만 그는 더할 나위 없이 쾌활한 말투로 방송을 시작했다.

"좋은 밤입니다. 친구들!"

이어서 루스벨트는 자신의 정책과 생각을 이야기했다. 어려운 말은 일체 쓰지 않고 시민들이 이해하기 쉬운 단어만을 사용했다. 이 방송을 들은 사람들은 화롯가에 둘러앉은 친구와 친근하게 세상 이야기를 주고받고 있는 것 같다고 느꼈다. 후에 '노변담화'라고 불리며 루스벨트의 트레이드 마크가 된 방송에 사람들은 열광적인 지지를 보냈다.

"친구들 좋아하네. 흥!"

물론 예외도 있었다. 공포의 왕발은 거리에서 흘러나오는 루스벨트의 라디오 방송을 듣고 코웃음을 쳤다. 그는 늦가을 추위에 벌벌 떨며 루스벨트 사무실 근처에서 잠복 중이었다.

수소문 끝에 노빈손의 거처를 알아내긴 했지만, 주지사 사무실은 경비가 철저했다. 하지만 공포의 왕발은 노빈손을 번번이 놓친 탓에 알까보이네에게 분노를 산 처지였다. 노빈손 없이 빈손으로 돌아갈 순 없었다.

"젠장, 기다리면 때가 오겠지."

그는 그렇게 움직이며 코트깃을 여미었다.

하지만 미국 전역에 엄청난 재앙의 때가 오고 있음을 아는 사람은 거의 없었다.

빵보다 그림

1929년 10월 24일 목요일 오전 11시.

뉴욕 월 스트리트 주식 거래소.

미국 역사상 가장 암울한 목요일이었다.

평소처럼 출근하여 주가 게시판을 확인한 월 스트리트의 증권맨들은 유령이라도 본 듯 놀라서 손에 들고 있던 커피를 떨어뜨렸다.

"세상에, 주가가… 지금 100달러 주식이 10달러로 떨어진 게 맞아?"

"잘못 본 거 아냐? 다시 확인해 봐."

"맞아, 잘못 본 거야… 맙소사, 10달러가 아니라 1달러로 떨어진 거였어!"

"이럴 수가! 팔아, 팔아! 얼마라도 좋으니까 일단 팔아야 해!"

이미 9월부터 조금씩 떨어지고 있던 주가는, 그날 돌이킬 수 없을 정도로 곤두박질쳤다. 사람들은 일시적인 현상일 거라고 굳게 믿었다. 하지만 한번 떨어진 주가는 다시 오르지 않았다. 장밋빛 미래를 약속했던 주식이 잿빛 재앙으로 변해 버린 것이다.

검은 목요일 사건

1929년 10월 24일에 뉴욕 증권 시장에서 일어난 주가 대폭락 사건을 가리킨다. 급작스러운 주가 폭락으로 불안감을 느낀 사람들은 닥치는 대로 주식을 팔아치웠다. 검은 목요일 하루 동안 총 1,290만 주의 주식이 팔렸는데, 평소에는 가장 많이 팔린 날이 400만 주 정도였다. 증권가의 중개인들이 끼어들면서 폭락은 잠시 진정되었지만, 이는 임시방편에 불과했다. 10월 29일 화요일에 다시 주가가 폭락하면서 하루 동안 무려 1,640만 주가 팔렸다.

★★★★★★★★★★★★★★★★★

〈월 스트리트 흥행에 참패하다!〉

신문들은 연일 주가 폭락을 보도했고, 주가 상승을 믿고 전 재산을 주식에 투자한 사람들은 순식간에 빈털터리가 되었다.

하지만 주가 폭락은 그저 하나의 징조에 불과했다. 루스벨트의 우려대로, 호황을 믿고 너무 많은 물건을 생산했던 공장들과 기업은 물건을 팔지 못해 줄줄이 도산했다. 수많은 사람들이 실업자로 전락했다. 그렇게 미국은 엄청난 혼돈과 우울의 늪으로 걸어 들어갔다.

"여러분, 줄을 서세요! 미시면 안 돼요!"

대공황 이후, 뉴욕 주지사 사무실은 한시도 조용할 날이 없었다. 루스벨트는 연일 터져 나오는 문제들을 해결하기 위해 동분서주했다. 비서들 역시 잠시도 의자에 엉덩이를 붙이고 있을 수 없었다. 노빈손도 거리로 나가 굶주린 사람들에게 구호물자인 빵을 나누어 주었다.

"하나 더 줘요! 우리 집에는 애가 다섯이란 말이에요!"

"난 세 시간이나 기다렸어요!"

처음 시에서 구호물자를 나누어 주기 시작했을 때, 모여든 사람은 오백 명 정도였다. 하지만 시간이 지날수록 천 명, 이천 명, 만 명으로 늘어났다. 사람들은 줄을 서면서도 쉴 새 없이 거리의 보도블럭을 파 내고 가로수를 뽑았다. 연료를 살 돈이 없으니 가로수들을 땔감으로 쓰기 위해서였다. 세계에서 가장 화려했던 도시의 거리가 한순간에 폐허로 변해 버리는 순간이었다.

"여러분, 오늘 구호물자는 이게 끝이에요."

아비규환의 현장에서 빵은 금방 동났다. 노빈손이 건넨 마지막 빵을 받은 아주머니는 잽싸게 자리를 떠났다. 그 아주머니 뒤에서 있던 한 꼬마가 울먹이는 표정으로 노빈손에게 손을 내밀었다.

"빵 주세요."

"헉. 꼬마야, 이제… 없는데."

노빈손이 안타까운 표정으로 어찌할 바를 모르고 있을 때, 누군가가 아이의 손에 빵 하나를 툭 올려놓았다. 다림질을 하지 않은 구깃구깃한 중절모에 해질 대로 해진 바바리코트를 입은 남자였다. 툭 건드리면 마른 멸치처럼 부서질 듯한 모습을 보니 이미 며칠 굶은 상태 같았다. 아이가 고마움 반 걱정 반인 눈으로 쳐다보자, 남자는 아이의 머리를 쓱쓱 쓰다듬었다.

"괜찮아. 나는 빵 대신 고독을 씹는 예술가니까."

남자는 '꼬르르륵' 하는 뱃속의 사이렌을 배경 음악 삼아 영화 주인공처럼 휙 뒤돌아섰다. 하지만 걸음걸이는 비틀비틀 위태로워 보였다.

"저 아저씨, 괜찮은 걸까?"

노빈손은 불안한 마음에 남자를 따라갔다. 아니나 다를까, 남자는 배고픔을 이기

주식 폭락으로 손해를 본 유명인

바로 영국 수상인 윈스턴 처칠이다. 처칠은 아버지와 본인 모두가 영국 재경부 장관을 지냈을 정도로 경제에 눈이 밝았다. 미국 월스트리트 가를 방문한 처칠은 주식 성공의 가능성을 보고서 빚까지 얻어 엄청난 양의 주식을 사들인다. 하지만 대공황으로 하루아침에 종잇조각이 되고 말았다.

★★★★★★★★★★★★★★★★★

지 못하고 얼마 가지 못해 픽 쓰러졌다. 놀란 노빈손이 남자를 일으켜 세우자, 남자는 초점이 안 맞는 눈으로 노빈손을 올려다보았다.

"너무 굶었더니 어지럽군. 집까지 부축해 줄 수 있겠나?"

"물론이죠."

이윽고 도착한 남자의 집은 콘크리트 속 철근이 다 드러난 허름한 아파트의 5층이었다. 방도 겨우 사람 둘이 들어갈 정도로 비좁았는데, 그 공간에 커다란 캔버스들이 들어차 있었다. 남자는 친절을 베푼 노빈손에게 모자를 벗으며 감사 인사를 했다. 드러난 남자의 정수리는 노빈손처럼 휑했다.

"고맙네. 난 잭슨 볼록이라 하네."

"전 노빈손이에요. 그런데 아저씨, 화가신가 봐요? 와, 이 그림 진짜 멋지다."

신기한 듯 볼록의 그림들을 구경하던 노빈손은 그가 그린 풍경화를 보고 감탄사를 내뱉었다. 그러자 잭슨 볼록은 그리 많지도 않은 머리카락을 쥐어뜯으며 절규했다.

"멋지긴! 내가 그리고 싶은 건 이런 게 아니야! 너무 평범하다고! 그림에 영혼이 없잖아!"

"헉! 아저씨, 금쪽 같은 머리털을 소중히 하셔야죠. 그럼 대체 뭘 그리고 싶으신데요?"

편두통이 오는 듯 뼈가 앙상히 드러난 손을 올려 관자놀이를 꾹꾹 누르던 볼록은 고뇌에 찬 표정으로 말했다.

"독특한 그림이지. 자네 얼굴처럼. 하지만 단순히 특이한 게 아니라, 마치 살아 있는 것처럼 역동적인 그림을 그리고 싶다네. 문제는 그런 그림을 그릴 방법을 도통 모르겠다는 거지. 그 방법을 찾고 싶어서 와이오밍에서 뉴욕까지 상경했건만 답을 못 찾겠어."

이어진 볼록의 긴 한숨에서 불안과 자조가 뚝뚝 묻어져 나왔다.

"게다가 대공황이 터져서 물감 살 돈조차 없으니… 아무래도 미술은 포기해야 할까 봐."

볼록의 말을 들은 노빈손은 손을 휘휘 내저었다.

"헉, 절대 안 돼요. 이렇게나 재능이 뛰어나신데… 분명 조금만 더 있으면 아저씨가 원하는 방법을 찾아내실 수 있을 거예요. 훌륭한 예술의 탄생에는 항상 고통의 시간이 따르는 법이잖아요. 나라가 어려울 때야말로 사람들에게 희망을 줄 수 있는 좋은 예술이 절실히 필요해요. 그러니 절대 포기하지 마세요."

그러자 볼록이 흔들리는 눈으로 노빈손을 올려다보았다. 그러더니 무언가를 말할까 말까 망설이는 사람처럼 우물쭈물거렸다.

그때 똑똑똑 하고 현관문을 두드리는 소리가 났다.

"잭슨 볼록 씨 댁이죠? 소포 왔는데요."

노빈손이 반사적으로 현관문을 열려고

잭슨 폴록

잭슨 폴록(1912~1956년)은 20세기를 대표하는 추상주의 화가다. 초기 그의 작품은 자신의 고향인 미국 서부를 주제로 한 풍경화가 주를 이루었으나, 1948년 무렵부터 커다란 캔버스 위로 물감을 흘리고, 끼얹고, 튀기고, 쏟아부으면서 몸 전체로 그림을 그리는 '액션 페인팅'을 시도했다. 당시 '아무 의미도 없는 낙서'라는 비난을 받기도 했지만 점차 '유럽의 영향에서 벗어난 미국의 독자적 미술'이라는 평가가 주를 이루었다.

★★★★★★★★★★★★★★★★★

자리에서 일어났을 때였다. 볼록이 다급히 노빈손을 붙잡았다. 그러더니 노빈손의 귀에 대고 작게 사정을 이야기했다.

"젊은이… 미안하네. 사실은 어제 내가 미술 도구를 파는 가게 앞을 서성거리고 있을 때, 수상한 남자 한 명이 나를 붙잡았다네. 그가 돈을 줄 테니 자네를 이곳까지 유인하라고 하더군. 물감을 너무 사고 싶은 나머지 그 제안을 받아들였는데, 막상 자네를 보니 내가 해서는 안 될 짓을 한 것 같아. 문 밖에 있는 사람은 소포 배달원이 아니라, 그 남자라네."

그 말에 노빈손의 머릿속이 새하얘졌다. 이런 비열한 수를 써서 자신을 노릴 자들은 알까보이네 갱단뿐이었다. 다시 문을 두드리는 소리가 났다.

"안 계신가요? 문 좀 열어 주세요."

노빈손은 그 음성에 귀를 기울였다. 자세히 들어보니 귀에 익은 목소리였다.

'윽, 이 목소리는… 공포의 왕발이잖아! 안 열면 문을 부수고 들어올 텐데, 어쩌지?'

노빈손은 창문을 흘끗 바라보았다. 하지만 5층은 뛰어내려 도망치기엔 너무 높았다. 노빈손은 방 안을 두리번거리다가 볼록에게 말했다.

"아저씨, 아저씨가 만난 남자는 시카고 갱단이에요. 절대 안 물러갈 테니까, 일단 문을 열어 주세요."

잭슨 볼록은 긴장으로 딱딱하게 굳은 얼굴로 침을 꿀꺽 삼키며

문을 열었다. 집 안으로 들어선 공포의 왕발은 다짜고짜 볼록을 추궁했다.

"노빈손은 어디 있지?"

그 순간, 캔버스 사이에 숨어 있던 노빈손이 페인트통을 들고서 불시에 튀어나왔다.

"바로 여기 있다!"

"윽!"

노빈손은 손에 들고 있던 초록색 페인트를 왕발의 얼굴에 들이부었다. 헐크처럼 변한 공포의 왕발은 고통스러운 비명을 질렀다. 노빈손은 멈추지 않고서 닥치는 대로 빨강, 노랑, 주황, 남색 페인트를 공포의 왕발에게 퍼부었다.

"카아아악! 이 자식이!"

순식간에 일곱 빛깔 무지개가 된 공포의 왕발은 노빈손을 덮치려 했다. 하지만 시야가 제대로 보이지 않는 탓에 노빈손 대신 볼록에게로 다가갔다. 겁에 질린 볼록은 엉겁결에 근처에 있던 페인트 붓을 집어들고는 왕발의 얼굴에 그림을 그리듯 붓질을 했다.

"흐억, 저리 가! 저리 가라고!"

"뭐야! 이놈이 남의 얼굴을 캔버스로 아나!"

미국의 공용어는?

미국 하면 가장 먼저 떠오르는 것 중 하나가 바로 '영어'다. 미국이 과거 영국의 식민지였고, 미국의 정치가들이 공식 석상에서 영어를 쓰기 때문에 사람들은 보통 미국의 공용어가 영어라고 생각한다. 하지만 사실 미국에는 정부가 지정한 공용어가 없다. 영어가 가장 널리 쓰이기는 하지만, 주에 따라 스페인어, 프랑스어, 하와이어 등이 함께 쓰이기도 한다. 현재 미국에서 사용되는 언어는 약 336개 정도이다.

★★★★★★★★★★★★★★★★

열이 받을 대로 받은 공포의 왕발은 품속에서 총을 꺼내 마구잡이로 난사했다.

탕! 탕!

"피해요, 아저씨!"

노빈손은 볼록을 감싸 안고 낮게 엎드렸다. 빗나간 총알들은 잭슨 볼록의 그림 위에 꽂혔다. 노빈손은 다시 페인트를 뿌리려 했지만, 페인트는 동이 난 상태였다. 공포의 왕발이 여유만만하게 웃었다.

"하하, 이제 페인트가 없으신가?"

"그래, 이거나 받아라!"

노빈손은 페인트통을 왕발의 머리로 내던졌다. 불시에 페인트통을 맞은 공포의 왕발은 윽 소리를 내며 총을 떨어뜨렸고, 노빈손은 재빨리 그 총을 주웠다.

"총 찾으시나?"

"젠장."

총을 뺏긴 공포의 왕발은 '두고 보자!'라고 외치며 급히 도망쳤다. 노빈손은 잭슨 볼록을 바라보았다.

"아저씨, 괜찮으세요? 세상에, 아저씨 그림들이……."

노빈손은 총구멍이 숭숭 뚫린 잭슨 볼록의 그림들을 보며 울상을 지었다. 하지만 볼록은 고개를 내저으며 도리어 노빈손을 위로했다.

"이게 다 내 탓인걸. 신경 쓰지 말게."

“하지만 집도 완전히 엉망이 되었는걸요. 으아, 바닥 좀 봐.”

노빈손은 구석에 놓여 있던 대걸레를 집어 들고 페인트 투성이인 바닥을 닦아내려 했다. 그때 갑자기 볼록이 그런 노빈손을 막았다.

“아니, 잠깐만 기다려 보게…….”

볼록은 자세를 낮춰 여러 색의 페인트가 제멋대로 흩뿌려진 바닥을 한참이나 응시했다. 그러고는 마치 그림을 감상하듯 다양한 각도에 서 보더니 환희에 차 외쳤다.

"이거 멋진걸! 우리 집 바닥이 꼭 한 폭의 그림같이 되었군. 그래, 붓에 물감을 묻혀서 그리는 게 아니라 이렇게 물감을 직접 뿌리면서 그림을 그려 보면 어떨까?"

볼록은 이젤에 세워져 있던 캔버스를 바닥에 뉘어 놓았다. 그러고는 캔버스 위에 올라가 마치 춤을 추듯이 물감을 흩뿌리고 던지고 끼얹었다. 그러자 여러 색의 물감들이 자유롭게 요동치는 독특한 그림이 그려졌다. 그림을 그리는 것이 아니라, 마치 자신의 그림과 하나가 된 것 같은 기분이었다.

"오, 아저씨. 이 그림은 복잡하지만 뭔가 독특한 매력이 있는데요? 그림이 꼭 살아 움직이는 것 같아요."

노빈손이 박수를 짝짝 치며 말하자, 볼록도 크게 고개를 끄덕였다. 후에 '액션페인팅'이라 불리게 될 추상화 기법의 큰 힌트를 막 얻은 것이다.

"맞아. 노빈손, 그동안 내가 골몰하던 방법을 찾은 기분이 드네. 언젠가 내 작품을 완성시키면 보러 오겠나?"

"물론이죠. 꼭 불러 주셔야 해요! 꼭이요!"

새뮤얼 인설

새뮤얼 인설(1859~1938년)은 세계 최대 전기회사인 시카고 에디슨 사의 사장이었다. 그는 인위적으로 주가를 끌어올려 지주들을 모았는데, 1932년 대공황으로 인해 회사 주가가 96%나 하락하고 만다. 이에 시카고 법원이 그를 소환하자 그리스로 도망친다. 그러나 여장을 하고서 터키로 갔다가 결국 항구에서 붙잡힌다. 미국의 전력산업 발전에 크게 이바지한 인물이었지만, 투자자들에게 수백만 달러의 손해를 입히고 도망침으로써 악랄한 사기꾼으로 기억되고 만다.

노빈손은 눈빛으로 약속 도장을 찍은 후 잭슨 볼록과 헤어졌다.

"사무엘 엑스라……."

대공황 이후 정신없이 바빴던 엘리엇은 책상에 앉아 수배서 한 장을 들여다보고 있었다.

1920년대, 미국 전역에 고속도로가 개발되고 휴양지가 만들어졌다. 그에 따라 땅값이 폭등하면서 불법적인 투기가 성행했다. 그러한 투기가 바로 대공황을 일으킨 원인 중 하나였다. 엘리엇 또한 주식 사기꾼들과 투기꾼들을 비엔나소시지처럼 줄줄이 체포해야 했고, 그 때문에 눈코 뜰 새도 없는 나날이 이어지고 있었다.

"이놈이 알까보이네와 한패라 이거지?"

수배서의 남자는 사무엘 엑스라는 자였다. 그는 알까보이네와 손을 잡고 조직적으로 투기를 해 온 인물이었다. 만약 사무엘을 잡아 자백을 받는다면 알까보이네도 체포할 수 있을 것이다. 하지만 사무엘이 뉴욕으로 출장을 떠난 후 그의 행방이 묘연해진 것이 문제였다.

엘리엇은 수배서를 쥔 손을 벽에 쾅 내리찍으며 외쳤다.

"사무엘 엑스의 수배서를 미국 전역에 뿌려! 이 녀석을 반드시 잡아야 해! 알까보이네… 이번에야말로 반드시 널 내 손으로 체포해 주마!"

납치범을 잡아라

잭슨 볼록으로부터 그림이 완성되었다는 연락을 받은 노빈손은 주위를 둘러보았다. 아무도 보이지 않았다.

노빈손이 알까보이네 갱단의 습격을 받았다는 얘기를 들은 루스벨트는 정색하며 절대 사무실 밖으로 나가지 말라고 엄명했다. 하지만 요 며칠 동안 루스벨트는 바깥 일로 바빠서 사무실에 오지 못했다. 답답함에 질식사하기 직전이었던 노빈손은 아무도 없는 틈에 거리로 나섰다.

"휴우, 이 얼마 만에 쐬는 상쾌한 공기냐. 아, 잭슨 씨한테 과일이나 사다 줄까?"

노빈손은 거리 좌판에서 사과 하나를 집어 들어 요리조리 살펴보았다. 그때, 사방을 불안하게 두리번거리며 다가오던 거구의 여성이 노빈손과 부딪혔다.

"윽!"

"넌 뭐야? 똑바로 보고 다녀야지."

여성이라기엔 너무 걸걸한 목소리였다. 푸대자루 같은 빨간 원피스를 입은 여성은 우락부락한 얼굴 근육을 실룩거리며 노빈손을 노려보았다. 되는 대로 찍어 바른 게 분명한 두터운 화장도 위압감을 더해 주었다. 하지만 이상한 것은, 꿈에서라도 다시 볼까 무서운 그 얼굴이 묘하게 낯이 익다는 점이었다.

"죄송합니다. 그런데… 저희 혹시 만난 적 있나요?"

"네? 그럴 리가요. 호호호호."

행인은 화들짝 놀라 갑자기 여성스러운 목소리를 냈다. 그러더니 노빈손을 휙 지나쳐 가며 초조하게 침을 삼켰다.

'이런, 역시 변장이 어설픈 모양이군. 이대로는 들키겠어. 어떡하지?'

그 행인은 바로 엘리엇이 뒤쫓고 있는 투기꾼 사무엘이었다. 엘리엇이 보낸 수배서를 본 노빈손은 그의 얼굴이 낯익다고 느꼈지만, 설마하니 여장을 했을 거라고는 상상도 못 했기에 알아보지 못했던 것이다. 여자 차림으로 변장한 사무엘은 몰래 그랜드 센트럴 역으로 향하는 중이었다.

전날 밤, 엘리엇의 추적을 피해 몸을 숨기고 있던 사무엘은 알까보이네에게 전화를 걸었다.

"이봐, 알까보이네. 엘리엇이 날 쫓고 있어. 함께 사업을 하면 날 보호해 주겠다고 약속했잖아?"

"물론이지. 난 동업자와의 의리는 지키는 사람이야."

알까보이네는 자신만만하게 대답했다.

"내일 아침 변장을 하고 그랜드 센드럴 역에서 기차를 타라. 치체로까지 오면 내 부하들이 기다리고 있을 거다."

홈런왕, 베이브 루스

베이브 루스는 미국 프로야구 메이저리그에서 역사상 가장 위대한 선수를 꼽을 때 빠지지 않는 타자이다. 본디 보스턴 레드삭스 팀의 투수였던 그는 라이벌이었던 양키즈로 팀을 옮겨 강타자로 활약한다. 21년간의 공식 시합에서 729개의 홈런을 기록하고, 1929년에는 한 시즌에 60개의 홈런을 치는 기록을 세우며 프로야구의 인기를 주도했다.

사무엘은 어쩔 수 없이 여자로 변장하고 길을 나섰다. 하지만 원체 우락부락한 몸집을 가진 그의 여장은 너무도 눈에 띄어서 오히려 수상한 느낌을 주었다.

'안 되겠어. 뭔가 조치를 취해야지.'

초조하게 사방을 두리번거리던 사무엘의 시선이 한 지점에 멈췄다. 한 여성이 유모차를 등 뒤에 세워 둔 채 좌판에서 물건을 사고 있었다. 그를 본 사무엘이 무릎을 쳤다.

'그래, 바로 저거야. 아기를 데리고 있는 여자는 아무도 의심하지 않지.'

사무엘은 살금살금 유모차로 다가가 아기를 꺼내 들고 냅다 줄행랑을 쳤다. 돌아서서 유모차 속의 아기가 사라졌음을 발견한 어머니는, 정신없이 도망치는 사무엘의 뒷모습을 보고 비명을 질렀다.

"안 돼! 우리 아기! 거기 서!"

어머니가 서둘러 범인을 뒤쫓았지만 사무엘의 달리기를 따라갈 수는 없었다. 오히려 급한 마음에 발이 꼬여 넘어지고 말았다. 그녀를 일으킨 것은 근처에서 볼록에게 사다 줄 과일 값을 흥정하던 노빈손이었다.

"아주머니, 무슨 일이세요?"

"저 여자가 내 아이를 납치해 갔어요!"

"뭐라구요?"

노빈손은 아이를 안은 채 허둥허둥 뛰고 있는 사무엘을 쫓기 시작했다.

"거기 서!"

"흥, 바보냐! 서란다고 설 거 같으면, 아예 뛰질 않지!"

사무엘은 맹렬히 추격하는 노빈손을 비웃으며, 어느새 눈앞에 나타난 그랜드 센트럴 역으로 들어섰다. 세계 최대의 기차역인 그랜드 센트럴 역은 수많은 인파로 북적였다. 사무엘은 자신이 탈 기차가 있는 플랫폼 3번을 향해 내달렸고, 노빈손은 사람들을 헤집으며 그를 뒤쫓았다.

"헉, 헉, 헉. 어디로 갔지?"

플랫폼 3번으로 향하는 계단에서 거친 숨을 몰아쉬던 노빈손은 사무엘의 모습을 놓치고 말았다. 하지만 3번 선로에 출발을 앞둔 기차 한 대가 서 있는 것을 본 노빈손의 머리가 순식간에 회전했다.

"범인은 분명 저 기차에 올라탔을 거야!"

노빈손은 근처에 서 있던 역 경비원들에게 도움을 청했다.

"도와주세요! 저 기차에 아기 납치범이 타고 있어요."

경비원들과 함께 기차에 올라탄 노빈손은 깜짝 놀랐다. 기차로 들어서는 계단에서부터 화장실에 이르기까지, 기차 안은

그랜드 센트럴 역

뉴욕 맨해튼 파크 에비뉴 42번가에 있는 세계 최대의 기차역이다. 44개 플랫폼과 67개 노선을 거느린 그랜드 센트럴 역에는 미국의 장거리 기차 노선이 한곳에 모인다. 그랜드 센트럴 역은 아름다운 디자인으로도 널리 알려졌는데, 건물 중앙 홀 천장에 그려진 2,500개의 별이 빛나는 밤하늘이 특히 유명하다. 때문에 기차 이용객뿐만 아니라 관광객까지 몰려와 하루 평균 50만 명 이상이 방문하고 있다.

발 디딜 틈 하나 없이 사람으로 가득 찬 채 북적이고 있었다. 심지어 기차 겉면에 붙은 수리용 받침대에 매달려 있는 사람도 있었다. 모두가 대공황으로 직업을 잃고 시골로 돌아가게 된 사람들이었다.

"여러분, 이 기차에 납치범이 타고 있다고 합니다. 그러니 납치범을 찾는 데에 잠시만 협조 부탁드립니다."

경비원이 기차 안 사람들에게 외쳤다. 하지만 사람들은 각자 다른 생각에 잠긴 채 경비원의 목소리를 무시했다.

'고향에 가면 내 일자리가 있을까?'

'그때 그 주식을 사는 게 아니었는데…! 아, 바보 같은 나!'

걱정과 근심으로 머릿속이 꽉 찬 사람들에게 경비원의 목소리가 들릴 리 없었다.

한편 사무엘은 아기에게 젖을 먹이는 척하며 구석 칸에서 몸을 최대한 웅크렸다. 주변 상황을 돌아본 그는 안도의 한숨을 쉬었다.

'좋아, 다들 주변 사람에겐 관심도 없군. 이대로라면 목적지까지 무사히 갈 수 있겠어. 젠장, 내가 이런 더럽고 냄새나는 인간들과 같이 있어야 한다니!'

얼마 전까지만 해도 사람들을 속여서 번 돈으로 최고급 주택에서 호의호식하던 사무엘은 인상을 있는 대로 구겼다. 그때 어디선가 아주 절절한 외침이 들려왔다. 노빈손의 목소리였다.

"여러분, 이 기차 안에 갓난아이 납치범이 타고 있습니다. 지금

엄마가 아기를 애타게 찾고 있어요. 그 아기가 여러분의 아들딸이라고 생각해 보세요. 제발 아이가 부모님의 품으로 돌아갈 수 있도록 도와주세요. 범인은 아이를 데리고 있는 거구의 여자입니다. 빨간 원피스를 입고 있어요. 그러니 여러분, 제발 옆자리에 앉은 사람의 얼굴을 한 번씩만 확인해 주세요. 네?"

노빈손의 간절한 호소에 사람들의 마음이 조금씩 움직이기 시작했다. 기차 안 사람들은 각박한 삶에 절망했을 뿐 마음마저 폐허가 된 것은 아니었다. 사람들은 서로의 얼굴을 확인하며 노빈손의 말을 다른 사람들에게 전달했다.

"빨간 옷을 입고서 아이를 안고 있는 거구의 여자를 찾아요. 그 사람, 납치범이래요!"

"칫!"

분위기가 바뀌자 사무엘은 은근슬쩍 몸을 일으켜 도망치려 했다. 하지만 시민들에 의해 덜미가 잡혔다.

"찾았어! 이 자다!"

한 시민이 자신의 어깨를 부여잡자 사무엘의 얼굴에서 식은땀이 비 오듯 흘렀다. 그 땀에 두텁던 화장이 씻겨 내려가자 누군가가 그의 얼굴을 알아보았다.

"잠깐, 이 자는 사무엘이잖아! 그 도망

여론 조사의 선구자

조지 갤럽(1901~1984년)은 오늘날 실시되는 여론 조사의 선구자이다. 그를 일약 유명인으로 만들어 준 것은 1936년에 열린 대통령 선거였다. 당시 여론 조사 전문 기관이었던 잡지사 '리터레리 다이제스트'는 선거에서 앨프리드 린든 후보가 현직 대통령이었던 프랭클린 D. 루스벨트를 이길 것이라고 했다. 그러나 갤럽은 루스벨트의 지지율이 린든을 크게 앞선다고 주장했다. 두 기관의 표본 신출 방법이 선혀 달랐기 때문이다. 실제 개표 결과 루스벨트는 린든을 60%나 앞질렀다.

★★★★★★★★★★★★★★★★★

친 투기꾼 말이야!"

"뭐?"

시민들이 놀라 웅성거렸다. 궁지에 몰린 사무엘은 자신을 잡고 있던 남자의 머리를 거세게 들이박고 탈출했다. 하지만 다른 칸에서 소리를 듣고 달려온 노빈손과 경비원들이 그를 막았다.

"꼼짝 마! 이 납치범아!"

"에잇, 젠장!"

사무엘은 품에 안고 있던 아기를 노빈손의 머리를 향해 휙 내던졌다.

"으아아아악! 무슨 짓이야!"

노빈손이 기겁하며 손을 뻗었지만, 아기는 미처 노빈손의 손에 닿지 못하고 아래로 떨어졌다. 하지만 반사적으로 몸을 던진 시민들이 바닥에 누워 아기를 위한 쿠션이 되어 주었다. 아기가 한 통통한 남성의 배 위에 무사히 안착하자, 사람들은 안도의 한숨을 내쉬었다.

"휴우~."

사무엘은 그 혼란한 틈을 타 기차에서 빠져나가려 했다. 하지만 다음 순간 뒤통수에 강한 충격이 느껴졌다.

"어딜 가? 맛 좀 봐라, 이 악당아!"

"어억!"

어느 용감한 할머니가 프라이팬으로 사무엘의 머리를 가격한 것이었다. 비틀거리며 일어나려는 사무엘의 얼굴을 향해 다리미, 테니스공, 심지어 몇 달간 빨지 않은 양말까지 날아들었다. 살림살이를 모두 짊어지고 떠나는 사람이 많았던 만큼 던지는 가재도구들도 종류가 다양했다.

"불법 투기도 모자라서, 아기까지 납치하다니!"

"꺼억, 끄억, 커억!"

이렇게 희대의 투기꾼은 체포되어 엘리

조셉 퓰리처와 퓰리처상

조셉 퓰리처(1847~1911년)는 미국의 언론인이자 신문 발행가다. 그는 1883년 판매가 부진했던 「뉴욕월드」를 사들여 미국 언론사에서 가장 존경받는 신문으로 만들었다. 1903년 그가 컬럼비아 대학에 기부한 200만 달러를 바탕으로 1917년 퓰리처상이 만들어졌다. 퓰리처상은 신문, 뉴스 보도, 문학, 음악, 연극 등 총 19개 부문에 걸쳐 우수한 업적을 세운 사람에게 수여한다. 현재 미국에서 가장 권위 있는 상 중 하나다.

★★★★★★★★★★★★★★★★★

엇이 있는 시카고로 이송되었다. 아기도 무사히 엄마에게로 돌아갈 수 있었다.

루스벨트 암살

"뉴욕 그랜드 센트럴 역에서 아기를 납치하여 도망치던 투기꾼 사무엘을 시민들이 검거했다. 이 과정에서 루스벨트의 비서 노빈손이 큰 역할을 했다, 라……. 이거 참."

루스벨트는 신문 기사를 읽어 내려가며 난감한 표정으로 노빈손을 바라보았다. 사무실 밖으로 나가지 말라는 말은 어겼지만, 사무엘을 체포하는 데 큰 공을 세운 노빈손을 혼낼 수도 칭찬할 수도 없었다. 노빈손은 넉살 좋게 웃었다.

"히히. 일이 잘되었으니 용서해 주세요. 그런데 주지사 님, 이 가방들은 다 뭐예요? 어디 가세요?"

오랜만에 사무실로 출근한 루스벨트는 평소의 작은 서류 가방 대신 커다란 여행 가방을 들고 나타났다. 노빈손의 질문을 들은 루스벨트는 몸을 휠체어에 깊숙이 기대며 착 가라앉은 목소리를 냈다.

"그게… 최근에 진단을 받아 보니 몸이 다시 안 좋아졌다는군. 그래서 주지사 직을 그만두고 요양이나 가려 하네."

"네? 말도 안 돼요. 시민들은 주지사 님을 필요로 한다고요! 가긴 어딜 가세요!"

노빈손이 루스벨트의 손에서 여행 가방을 빼앗아 들었다. 그 서슬에 가방이 열리면서 안에 있던 내용물이 쏟아져 나왔다. 루스벨트는 자신의 줄무늬 팬티를 황급히 집어 등 뒤로 쓱 감추고서는 어쩔 수 없다는 듯 흠흠 헛기침을 했다.

"어딜 가느냐면, 바로 시카고로 가네. 시카고에서 대통령 후보 지명 수락 연설을 해야 하거든."

"네?"

"내가 민주당 대통령 후보가 되었다네, 노빈손!"

그제야 그의 요양 발언이 장난이었음을 안 노빈손은 루스벨트를 껴안으며 환호성을 올렸다.

"우아, 축하드려요! 그것 때문에 요즘 사무실에 안 나오셨군요?"

"맞네. 가너와 최후까지 협상을 해야 했거든."

뉴욕 주지사로서 강력한 구호 정책을 펼친 루스벨트는 시민들에게 큰 인기를 얻었다. 하지만 그에게는 하원 의원장 존 낸스 가너라는 강력한 라이벌이 있었다. 둘은 막판까지 치열한 경쟁을 했지만, 결국 몇 차례의 회담 끝에 루스벨트가 민주당의 새로운 대선 후보가 되었다.

존 낸스 가너

존 낸스 가너(1868~1967년)는 루스벨트 시절 부통령을 지냈던 정치인이다. 민주당 대통령 후보 자리를 놓고 루스벨트와 경쟁하던 그는 부통령직을 보장받는 조건으로 루스벨트에게 후보 자리를 양보한다. 하지만 미국 대농장주의 아들이었던 그는 뉴딜 정책에 극렬히게 반대했다. 1940년에 다시 대통령직에 도전했으나 루스벨트에게 패한 채 정치계를 떠나 고향으로 돌아갔다.

"그럼 지금 당장 출발해야 하니, 노빈손 자네도 짐을 싸서 내려오게나."

"네. 히히, 오랜만에 엘리엇을 보겠네요."

엘리엇과는 만날 때마다 투닥거렸지만 막상 안 보면 섭섭하기 그지없었다. 하지만 루스벨트 일행이 시카고에 도착했을 때 엘리엇은 자리를 비우고 있었다. 체포영장을 들고 알까보이네의 아지트로 향하는 중이었기 때문이다.

"보스, 피하셔야 합니다! 엘리엇이 오고 있어요! 사무엘이 보스가 공범이라는 사실을 인정했다고 합니다!"

아지트 안의 알까보이네 갱들은 모두 하늘이 무너져 내린 것 같은 표정을 했다. 부하들이 알까보이네에게 다급하게 권했다.

"보스, 당분간은 외국에 가 계시는 게 좋겠습니다."

"맞습니다. 지금까지야 문제가 생겨도 뇌물로 어떻게든 해결했지만, 엘리엇은 그런 게 통할 놈이 아니니……."

부하들의 말을 들은 알까보이네는 손에 들고 있던 술잔을 내던졌다.

"뭐? 외국으로 도망? 말도 안 되는 소리 하지 마. 엘리엇과 노빈손에게 당한 치욕을 잊고 어딜 가란 말이야? 갈 때 가더라도 그 두 놈을 죽이기 전까지는 못 가! 처음부터 네놈들한테 맡겨 두는 게 아니었어. 이놈들은 내 손으로 직접 처리해야 돼! 크아아아악!"

알까보이네는 분노에 차 소리를 지르며 테이블을 뒤엎었다. 시카고의 밤의 제왕이라 불리며, 어둠의 세계를 주름잡던 갱인 그가 이렇게 초라한 퇴장을 받아들일 리 만무했다. 알까보이네가 자신의 총에 대고 맹세했다.

"내 인생을 망친 노빈손과 엘리엇… 내 악명을 걸고, 너희 살려두지 않을 테다!"

1932년 7월 2일 시카고 민주당 전당대회의 날.

"와, 정말 장관이네요."

노빈손은 루스벨트의 연설을 듣기 위해 벌 떼처럼 몰려든 사람들을 보며 말했다. 하지만 루스벨트는 긴장된 기색 하나 없이 즐거워 보였다. 도리어 시종일관 경직된 표정을 하고 있는 건 오랜만에 만난 엘리엇이었다. 엘리엇은 날카로운 눈으로 사방을 살펴보며 말했다.

"루스벨트 님, 조심하십시오. 이렇게 사람이 많으면 무슨 일이 일어날지 모르니까요. 일단 경비는 철저히 해 두었습니다만."

사무엘의 자백을 받은 후, 엘리엇은 알까보이네 갱단의 아지트로 달려갔다. 그러나 알까보이네는 이미 행방을 감춘 뒤였다.

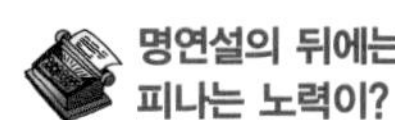

"우리가 두려워해야 할 것은 오직 두려움 그 자체입니다"라는 루스벨트의 대통령 당선 연설은 세계적인 유명세를 탔다. 뛰어난 연설 능력으로 사람들을 감동시키는 힘이 있었던 루스벨트는 사람들 앞에 서기 전에 늘 많은 준비를 했다. 자신의 말투, 억양, 목소리 톤을 세세하게 신경 썼고, 쇳소리를 내지 않기 위해서 노변담화를 하기 전에 일부러 의치를 끼기도 했다고 한다.

'나와 노빈손이 아직 멀쩡히 살아 있는데, 알까보이네가 멀리 도망갔을 리 없어. 분명 다시 나타날 거야.'

엘리엇은 그렇게 확신했다. 루스벨트는 엘리엇에게 걱정 말라는 미소를 지은 후 목발을 짚고 연단 위로 올라갔다.

"루스벨트 님이다!"

고대하던 인물이 모습을 드러내자 사람들은 환호성을 보냈다. 하지만 개중에는 반대편 공화당에서 심어 놓은 방해꾼들도 있었다.

"허약한 보이스카우트는 물러가라!"

"제대로 걷지도 못하는 사람을 대통령으로 뽑아서 뭘 어쩌자는 건가!"

하지만 지금의 루스벨트에게는 적들의 야유마저도 환영 인사로 들렸다. 그는 힘찬 목소리로 연설을 시작했다.

"안녕하십니까, 나의 친구들이여! 오늘 저는 대공황으로 인하여 좌절하고 용기를 잃은 여러분 앞에 서 있습니다. 우리는 큰 위기에 직면해 있고, 그로부터 벗어날 명확한 길도 제시되어 있지 않습니다. 하지만 이런 때에 가장 나쁜 것은, 절망에 빠져 아무것도 하지 않는 것입니다. 그렇다면 우리는 무엇을 해야 할까요?"

루스벨트는 잠깐 말을 멈추고 사람들의 얼굴을 하나하나 바라보았다. 그는 지금 사람들에게 필요한 것이 무엇인지 정확히 알고 있었다.

"먼저 우리는 온갖 범죄를 낳고 갱들을 배불리는 금주법을 폐지

해야 합니다. 또한 국가 주도의 공공시설 건설 계획을 실시하여 일자리를 만들고 가난한 사람들과 농민들을 구제해야 합니다. 즉, 우리에게는 미국을 구할 새로운 정책(New Deal)이 필요합니다. 저는 어떤 어려움이 있더라도 이 모든 정책들을 실행할 것을 여러분께 맹세합니다."

대공황의 참사 속에서도 실질적인 국가 구호책을 내놓지 않고 있던 정부에 질린 군중들이 "와" 하는 환호성을 질렀다.

그때였다. 군중들 사이에서 누군가가 외쳤다.

"저기! 연단 앞에 검은 양복을 입은 남자가 총을 가지고 루스벨트를 노린다!"

사람들의 시선이 연단 앞의 남자에게 쏠렸다. 경비원들 중 절반은 루스벨트를 겹겹이 둘러쌌고, 다른 절반은 남자에게로 달려갔다.

"왜 이러세요! 전 아니에요!"

저격범으로 지목된 남자는 억울한 얼굴로 극구 부인했지만 끝내 경비원들 손에 끌려 나갔다. 엘리엇은 노빈손에게 외쳤다.

"빈손, 루스벨트 님을 모시고 들어가!"

"네!"

노빈손과 경비원들은 루스벨트를 부축하여 안으로 들어갔다. 엘리엇은 연단에

루스벨트는 실제로 암살 위기에 처한 적이 있다?

1933년 취임을 앞둔 루스벨트가 마이애미를 방문했을 때, 주세페 잔가라라는 인물이 루스벨트를 향해 총을 쏘았다. 그러나 몰려든 군중 때문에 제대로 총을 쏠 수 없었고, 결국 총알은 루스벨트를 빗나가 옆에 있던 시카고 시장의 심장에 꽂혔다. 시카고 시장은 병원으로 옮겨졌지만 사망했다. 당시 암살범의 뒤에 시카고 갱들이 있다는 추측이 널리 퍼졌지만 암살 시도의 이유는 아직까지 명확하게 밝혀지지 않았다.

★★★★★★★★★★★★★★★★★

홀로 남아 수상한 자가 더 없나 살폈다.

바로 그 순간, 어디선가 증오에 찬 습한 목소리가 들려왔다.

"엘리엇!"

엘리엇이 휙 뒤를 돌아보았다.

한 남자가 엘리엇에게 총을 겨누고 있었다. 그는 코트깃으로 얼굴을 가리고 있었지만, 바람이 불면서 왼쪽 뺨에 길게 난 흉터가 드러났다. 엘리엇은 날카롭게 외쳤다.

"알까보이네!"

"죽어라!"

탕!

피할 사이도 없이 알까보이네의 총이 엘리엇의 가슴을 관통했다. 엉뚱한 사람을 루스벨트 암살범으로 몰아 경비원들을 다른 곳으로 이동시킨 후 엘리엇을 노리는 것이 그의 작전이었던 것이다.

계획은 적중했다. 엘리엇은 "윽" 하는 신음을 내며 그대로 자리에 쓰러졌다. 엘리엇이 총에 맞은 것을 확인한 알까보이네는 재빨리 도망쳤다.

"세상에, 엘리엇! 응급차를 불러 줘요! 빨리!"

총소리를 듣고 뛰쳐나온 노빈손은 피투성이가 된 엘리엇을 보고 울음 섞인 목소리로 외쳤다. 사람들 사이로 모습을 감춘 알까보이네는 황급히 발걸음을 옮기며 눈을 번뜩였다.

'좋아, 일단 엘리엇은 제거했군. 이제 노빈손만 남았어.'

엘리엇의 과거

"존……."

엘리엇은 어둠 속에서 그리운 얼굴을 보았다. 매일 밤 꿈속에서 수천 번이나 본 얼굴이었지만, 여전히 가슴이 미어지고 아팠다. 함께 수많은 생사의 고비를 넘었던 동료이자 친구, 존.

'너의 복수도 해 주지 못했는데… 나도 이렇게 네 곁으로 가고 마는 걸까.'

엘리엇은 점차 몸이 가벼워지면서 의식이 희미해져 가는 것을 느꼈다.

"엘리엇, 엘리엇! 정신을 좀 차려 봐요."

"엘리엇! 죽으면 안 되네!"

'이 목소리는…….'

어디선가 엘리엇을 부르는 애절한 음성이 들려왔다. 멀어져 가던 의식의 끈을 간신히 부여잡은 엘리엇은 천천히 눈을 떴다.

병원의 하얀 천장이 보였다. 그리고 그 아래에 낯익은 얼굴들이 자신을 들여다보고 있었다.

"노빈손? 루스벨트 님?"

"세상에, 엘리엇! 깨어났어요?"

노빈손은 붕대로 칭칭 감겨진 엘리엇의 몸을 와락 껴안았다. 그 습격에 엘리엇은 "윽" 하는 비명을 내질렀다.

"아파, 이 녀석아! 떨어져. 내가 얼마나 누워 있었던 거지?"

"열흘이네."

루스벨트가 염려와 피로로 지친 눈으로 엘리엇을 바라보며 대답했다. 노빈손과 루스벨트는 병원에서 열흘 동안 제대로 자지도 먹지도 않으며 혼수 상태인 엘리엇의 곁을 지켰다.

그러나 엘리엇은 이를 아는지 모르는지 "이런"이라고 중얼거리며 몸을 일으키려 했다.

"열흘이라니… 너무 길군."

"엘리엇! 벌써 움직이면 안 돼요. 총알이 심장을 아슬아슬하게 빗나가서 겨우 살아난 거지, 진짜 죽을 수도 있었다고요!"

노빈손이 정색을 하고 달려들어 말렸지만 엘리엇은 막무가내였다.

"죽을 때 죽더라도 여기서 이러고 있을 시간이 없어. 알까보이네를 잡아야 해."

"이보게 엘리엇. 그동안 다른 연방수사국 요원들이 알까보이네의 행방을 쫓았지만 찾지 못했다네. 이미 외국으로 도망친 건지도 몰라."

"아닙니다. 알까보이네는 제가 잘 압니다. 저와 노빈손을 완전히 죽이기 전까지는 절대 도망갈 위인이 아니에요. 지금도

미국의 첫 번째 주, 델라웨어엔 세금이 없다?

델라웨어는 미국 독립 당시의 13개 주 중 하나로, 미국 헌법을 가장 먼저 승인한 주다. 미국의 주 가운데 두 번째로 면적이 작다. 하지만 그럼에도 불구하고 많은 회사들이 이곳에 본부를 두고 있다. 델라웨어 주의 회사들은 판매세와 부가세를 면제받기 때문이다. 기업뿐만 아니라 델라웨어에 사는 구매자들도 델라웨어의 세금 정책으로 혜택을 본다. 온라인쇼핑몰에서 물건을 구매할 때, 델라웨어가 배송지라면 대부분의 경우 물건에 세금이 붙지 않기 때문이다. 그야말로 기업 경영이나 쇼핑에 유리한 주라 할 수 있다.

★★★★★★★★★★★★★★★★

어딘가에 숨어서 기회를 노리고 있을 겁니다. 그러니 제가 어서 찾아내야, 윽!"

갑자기 너무 많은 말을 뱉었더니 수술한 자리가 욱신거렸다. 노빈손은 안타까움과 의아함을 담은 눈으로 엘리엇을 보며 물었다.

"물론 알까보이네는 천하의 나쁜 놈이긴 하지만, 엘리엇은 유독 알까보이네에게 집착하는 것 같아요. 대체 왜 그러시는 거예요?"

엘리엇과 루스벨트 사이에 알 수 없는 침묵이 흘렀다. 엘리엇은 쓰라린 마음으로 그 정적을 비집었다.

"내 친구가 죽었거든. 알까보이네의 손에. 난 그 친구의 복수를 해야만 해."

"엘리엇……."

노빈손은 엘리엇이 침대에 누워 있을 때 "존"이라는 이름을 읊조린 것을 기억해 냈다. 시종일관 십 년 묵은 콘트리트처럼 딱딱한 표정으로 알까보이네를 쫓던 엘리엇의 마음을 이해할 수 있을 것 같았다.

'하지만 그렇다고 해서 저렇게 만신창이가 된 엘리엇을 내보낼 순 없는데…….'

"후우, 엘리엇. 그럼 우리 이렇게 해요."

노빈손은 머릿속에 떠오른 아이디어를 빨래 개듯 착착 정리해서 엘리엇에게 제안했다.

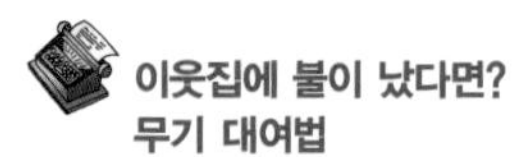

이웃집에 불이 났다면? 무기 대여법

1941년 프랭클린 루스벨트는 2차 세계대전에서 위기에 몰려 있던 연합국을 돕기 위해 '무기 대여법'을 통과시킨다. 각 나라에 무기를 공짜로 빌려 주고 전쟁이 끝나면 돌려받자는 법이었다. 루스벨트는 이 법의 반대자들을 재치 있게 설득했다. "이웃집에 불이 났고, 내가 소방 호스를 가지고 있다고 해 봅시다. 이때 이웃에게 '이 소방 호스는 15달러짜리니까 쓰려거든 15달러 내쇼'라고 말할까요? 아뇨, 그냥 불을 끄고서 호스를 돌려주기만 하면 됩니다." 결국 이 법에 의해 지원된 500억 달러의 군수물자는 연합국의 승리에 크게 기여했다.

“뭐? 절대 안 돼! 그건 너무 위험해!”

노빈손의 계획을 들은 엘리엇은 말도 안 된다는 듯이 인상을 쓰며 손을 내저었다. 하지만 노빈손은 그 손을 낚아채어 꽉 쥐었다.

“엘리엇, 아까 친구의 복수를 해야 한다고 말했죠? 저도 친구의 복수를 해야 해요.”

“뭐?”

“엘리엇은 제 친구잖아요. 그러니까 엘리엇을 총으로 쏜 놈은 제 손으로 잡고 말겠어요.”

그 말을 들은 엘리엇은 어울리지 않게 얼이 빠진 표정으로 노빈손을 바라보았다.

양조장에서 알몸으로 목욕을 하던 노빈손과 만났을 때는, 그와 이런 이야기를 나누는 사이가 되리라고는 상상조차 하지 못했다. 하지만 노빈손의 눈은 흔들림 없이 굳건했고, 마주 잡은 두 손에서는 따뜻한 온기가 전해져 왔다. 엘리엇은 졌다는 듯 고개를 내저었다.

“나 참… 그래, 네 마음대로 해라.”

노빈손 최후의 작전

시카고의 대로변. 별 하나 뜨지 않은 으슥한 밤에, 한 청년이 불법 술이라도 퍼마시고 취했는지 거리에 주저앉아서 대성통곡을 하고 있었다.

"엉엉. 엘리엇! 이렇게 가면 어떡해요! 저는 어쩌라고요!"

지나가는 행인들의 시선이 일제히 우는 청년에게 쏠렸다.

"엥? 뭐지 저 남자는? 실연이라도 당했나?"

"그게 아니라… 왜 엘리엇이라고, 유명한 수사관 있잖아. 그 사람이 알까보이네의 총에 맞아 죽었대. 그 사람 친구인가 봐."

설명을 들은 행인은 딱한 표정으로 청년을 바라보았다.

소방 호스처럼 눈물 콧물을 뿜어낸 청년은 벌게진 눈으로 주변을 두리번거렸다. 사람들이 수군대는 것을 보니, 계획한 대로 엘리엇이 죽었다는 소문이 온 거리에 파다하게 퍼진 모양이었다.

'좋았어!'

울고 있던 청년의 정체는 바로 노빈손이었다.

노빈손은 알까보이네가 더 이상 엘리엇

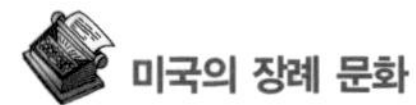

미국 장례 문화의 가장 큰 특징은 고인을 가족뿐만 아니라 가까운 사람 모두에게 공개한다는 점이다. 그래서 미국에서는 사람이 죽으면 시체가 썩지 않도록 소독하며 몸에 있는 수분과 피를 모두 뽑아낸다. 그리고 관에 고인을 모시고 장례식장을 찾은 사람들에게 보인다. 그래서 장례식장에서 쓰는 관은 보통 화려하고 크기가 크지만, 실제로 고인을 땅에 묻을 때는 1평 정도 크기의 관을 사용하는 경우가 많다.

을 노리지 않도록 그가 죽었다는 소문을 퍼트렸다. 엘리엇이 죽었다면 알까보이네의 남은 목표는 단 하나, 노빈손이 될 것이기 때문이다.

노빈손은 자리를 털고 일어나서 구슬픈 곡조를 읊조리며 수사국을 향해 걷기 시작했다.

"이제 가면 언제 오나~ 어어이~ 청천하늘 벽력도~ 이게 무슨 말이더냐~."

그때 누군가가 노빈손을 으슥한 골목으로 확 잡아끌었다. 노빈손의 목덜미로 잘 벼린 칼날이 겨누어졌고, 그 칼날보다 더 서슬퍼런 목소리가 귓가에 울렸다.

"노빈손, 우리 보스가 널 보자고 하신다."

그 목소리의 주인은 바로 공포의 왕발이었다. 그는 노빈손을 번쩍 들어 자루에 넣고는 자신의 차에 짐짝처럼 실었다. 노빈손은 자루를 발로 펑펑 차며 물었다.

"으윽, 날 어디로 데려가는 거예요?"

"시끄러워. 보스는 널 살려서 데려오라고 했지, 흠씬 두들겨 패지 말라는 이야기는 안 했어. 좀 맞고 싶냐?"

그 말에 노빈손은 재빨리 입을 다물었다. 차는 매연을 내뿜으며 최고 속도로 달렸다. 노빈손은 자루 속 퀴퀴한 공기에 연신 기침을 하며 속으로 중얼거렸다.

'쿨럭… 다들 잘 따라오고 있는 걸까?'

노빈손이 세운 계획은 이러했다.

1. 노빈손이 홀로 시카고 거리를 헤맨다.
2. 알까보이네 갱단이 노빈손을 납치하면, 연방수사국은 몰래 갱들을 뒤쫓는다.
3. 갱들이 알까보이네가 숨어 있는 장소로 가면 요원들이 아지트를 포위하고 알까보이네를 체포한다.

자신을 미끼로 내세우는 위험천만한 계획이었지만, 이 정도 위험을 감수하지 않고서는 그 악명 높은 알까보이네를 잡을 수 없었다.

연방수사국 차량은 계획대로 약간의 거리를 둔 후 노빈손이 탄 차량을 따라가고 있었다. 총 지휘관은 물론 엘리엇이었다. 적어도 두 달은 쉬어야 한다는 의사의 만류도 소용이 없었다. 아직 붕대도 풀지 못한 엘리엇은 입술을 깨물며 중얼거렸다.

'노빈손… 금방 구해 줄 테니 조금만 참아라!'

끼이익!

노빈손을 실은 차는 열 시간 가까이 내달린 후에야 거칠게 멈춰 섰다. 바깥은 벌써 한낮이 되어 있었다.

공포의 왕발은 노빈손을 자루째로 번쩍 들어 어깨에 짊어졌다. 노빈손이 발버둥을 쳤지만 헛수고였다. 한참을 걸어간 그가 노빈손을 딱딱한 철제 바닥에 내동댕이쳤다.

"억! 좀 살살 다뤄요!"

"흥, 이제 죽을 놈이 엄살은……."

공포의 왕발은 그렇게 말하며 자루의 매듭을 풀어 주었다. 그제야 시야의 자유를 얻은 노빈손은 주변 풍경을 보고 깜짝 놀랐다.

"여긴……."

그들이 있는 곳은 해안가의 보트 위였다. 순간 노빈손의 정신이 아득해졌다.

'어, 이건 예상치 못했는데… 이대로 보트를 타고 바다로 나가면 수사국 요원들이 따라오질 못하잖아!'

기대를 빗나가는 전개에 노빈손이 어찌할 바를 모르고 있을 무렵, 결코 반갑지 않은 목소리가 들려왔다.

"어서 와라, 노빈손. 오랜만이다만… 네 놈의 못생긴 얼굴은 꿈에까지 나오더군."

다름 아닌 알까보이네였다. 그는 겹겹이 쌓인 돈가방 위에 앉아 노빈손을 죽일 듯이 노려보고 있었다. 하지만 노빈손은 전혀 주눅 들지 않았다.

"와, 꿈에서까지 절 보셨다니 영광이네요. 복권은 사셨나요?"

"흥, 건방진 건 여전하군. 잠시 뒤에도 그렇게 나불거릴 수 있는지 보자. 출발해!"

알까보이네가 보트 운전석에 앉은 공포

미국이지만 스페인어를 못하면 곤란해!

마이애미는 미국 플로리다 주에 있는 도시이며 아름다운 해안이 있어 휴양지로 유명한 곳이다. 기후는 일 년 내내 여름처럼 덥고 비가 많이 내린다. 또한 플로리다 해협을 통해 쿠바에서 마이애미로 온 사람들이 많기 때문에 중남미계 이주민인 히스패닉의 문화가 강한 도시이다. 쿠바인이 도시 인구의 절반 가까이를 차지하다 보니, 마이애미는 스페인어를 할 줄 알아야 살 수 있는 도시로 알려져 있다.

의 왕발에게 명령했다. 보트는 경쾌한 소리를 내며 해수면을 가르고 나아갔다.

잠시의 시차를 두고 해안가에 도착한 엘리엇은 멀어지는 보트를 보며 초조하게 외쳤다.

"어서 근처 마을을 수소문해! 최대한 빨리 보트를 구해야 해!"

노빈손을 실은 보트는 계속 앞을 향해 나아갔다. 알까보이네는 암담한 표정으로 바다를 응시하는 노빈손을 가늘게 뜬 눈으로 바라보았다.

"엘리엇을 죽인 후 고민했지. 복수에 성공하긴 했지만, 그동안 내가 당한 것에 비하면 총살은 너무 편하고 빠른 죽음이었다는 생각이 들더군. 그래서 노빈손, 넌 바다에 빠뜨려 수장시키기로 결심했어. 아주 고통스럽게 죽도록 말이지. 어때, 너의 죽을 장소가 마음에 드나?"

참으로 야비한 말이었다. 알까보이네는 노빈손을 바닷물에 빠뜨려 죽인 후 그대로 해외로 도주할 생각이었던 것이다. 노빈손은 소금기 어린 햇볕에 바짝 말라가는 입술을 열었다.

"당신이 뭐라고 하건 전 두렵지 않아요. 결국 죄값을 치르게 될 테니까요."

"죄값? 으하하. 어떻게? 지금 이 상황에서 날 해치울 방법이라도 있나?"

알까보이네는 메추리알로 바위를 깨겠다는 이야기라는 듯 비웃음을 날렸다. 그 말은 사실이었다. 허세를 부리긴 했지만, 노빈손도 엘리엇이 올 때까지 시간을 벌 마땅한 방법이 생각나지 않았다.

'아, 이걸 어쩌지?'

삶의 마지막 순간에 도달한 사람처럼, 노빈손의 머릿속에 지금까지의 추억들이 줄줄이 떠올랐다. 양조장에서 알몸으로 엘리엇을 만났던 일, 캐츠비와 데이지의 사랑 이야기, 루스벨트와 난롯불 앞에서 고구마를 먹었던 일, 그리고 브래드와의 추억까지.

그 순간 어떤 영감이 뇌리를 스쳤다.

'잠깐, 그래…! 브래드가 말해 줬지. 알까보이네가 제일 싫어하는 것! 그럼 나한테도 승산이 있어!'

철컥. 알까보이네가 노빈손의 머리에 총을 들이밀었다.

"바로 여기가 네가 죽을 자리다. 자, 바다에 뛰어들어!"

등골이 오싹했다. 노빈손이 알까보이네의 약점을 안다 해도, 시퍼런 총구 앞에서는 어찌 해 볼 도리가 없었다. 노빈손은 원망스레 하늘을 올려다보았다.

'아, 이렇게 나쁜 놈한테 하늘에서 번개라도 안 치나?'

눈이 시릴 정도로 파란 하늘에서는 무심한 기러기 몇 마리가 노닐 뿐이었다. 노빈손이 체념한 듯 고개를 숙였을 때였다.

갑자기 하늘에서 무언가가 떨어졌다.

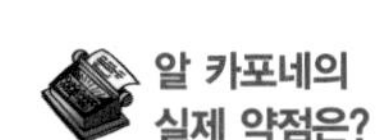

알 카포네의 실제 약점은?

놀랍게도 알 카포네는 주삿바늘을 두려워했다고 한다. 1932년에 탈옥 혐의로 투옥되기 직전, 그는 당시 치명적인 성병이었던 매독에 걸린다. 주삿바늘이 무서워서 페니실린 예방 접종을 거부했던 탓이다. 석방 후, 알 카포네는 오랫동안 매독을 앓은 탓에 뇌출혈과 폐렴에 걸려서 1947년에 죽고 만다.

★★★★★★★★★★★★★★★★

찍!

"윽, 뭐야? 젠장, 웬 새똥이……."

눈 위로 직격탄을 맞은 알까보이네가 인상을 찌푸리더니, 새똥을 닦으려고 잠시 손을 얼굴에 가져다댔다.

바로 그때였다.

"에잇!"

그 틈을 노린 노빈손이 알까보이네를 껴안고 물속으로 뛰어들었다. 첨벙 소리와 함께 둘은 바다에 빠졌다. 그러자 알까보이네는 기겁을 하면서 연신 팔을 허우적거렸다. 정말로 브래드가 말해준 대로였다.

"으아아아악! 으아아악! 살려 줘! 사람 살려!"

"맙소사, 보스!"

운전석에 앉아 있던 공포의 왕발이 알까보이네를 구하기 위해 물에 뛰어들었다. 그사이 노빈손은 보트에서 멀어지기 위해 물살을 힘들게 헤치며 도망쳤다. 하지만 알까보이네를 건져서 보트에 올라탄 공포의 왕발이 노빈손에게 총을 쏘아 댔다.

"죽어라! 이 녀석!"

탕, 탕!

"으윽!"

새똥 때문에 부자가 된 나라가 있다고?

나우루 공화국은 인구가 만 명밖에 되지 않는 남태평양의 작은 섬나라이다. 철새들이 쉬어 가는 거점인 이 섬에는 수천 년 동안 거대한 양의 새똥이 쌓였는데, 이 새똥이 굳어 인광석이라는 값비싼 광석이 되었다. 새똥 덕분에 하루아침에 부자가 된 것이다. 하지만 인광석을 노리고 몰려든 각국의 사업가들 때문에 섬은 급격히 파괴되었고, 갑자기 부를 누리게 된 공화국 사람들은 돈을 흥청망청 써 댔다. 그 결과 나우루 공화국은 다시 가난해졌고, 섬은 황폐해졌으며, 전통 문화까지 잃어버렸다.

★★★★★★★★★★★★★★★

노빈손은 총알을 피하기 위해 물속으로 잠수했다. 최대한 숨을 참고 또 참았지만 한계는 금방 왔다. 폐까지 짠물이 들어찰 것 같았고 정신이 혼미해져 왔다.

'이대로 죽는 건가……'

온몸에 힘이 빠진 노빈손이 서서히 아래로 추락하고 있을 무렵, 누군가가 빈손의 팔목을 확 잡아낭겼다. 다음 순간 몸이 물 밖으로 솟아오르면서 콧구멍과 입으로 공기가 밀려들어왔다. 귓전에 익숙한 목소리가 들렸다.

"노빈손!"

"엘리엇?"

뒤를 쫓아온 수사국의 보트가 노빈손을 발견한 것이었다. 수사관들 덕분에 바다에서 목숨을 건진 노빈손은 걱정스런 눈으로 자신을 바라보는 엘리엇을 향해 엄지손가락을 들어 보였다.

"후우, 정말 죽기 직전이었는데… 나이스 타이밍! 그런데 알까보이네는요?"

노빈손은 그렇게 말하며 고개를 두리번거렸다. 그러자 바닷물에 퉁퉁 불은 채 연방수사국 요원들에게 붙들려 있는 알까보이네가 눈에 들어왔다. 노빈손의 옆에 서 있던 엘리엇이 알까보이네에게로 뚜벅뚜벅 다가갔다.

"알까보이네……!"

엘리엇은 친구를 죽인 원수의 이름을 뇌까리며 주먹을 꽉 쥐었다. 숨길 수 없는 원한이 그의 목소리에서 묻어져 나왔다.

"헉, 한 대 치려고 저러나?"

노빈손은 엘리엇을 말리지도 못한 채 그저 바라만 보았다. 하지만 알까보이네의 앞에 우뚝 멈추어 선 엘리엇은 분노를 꾹 눌렀다. 정의는 폭력으로 세울 수 없다는 것이 그의 신념이었다. 그를 때리는 대신, 엘리엇은 알까보이네의 손목에 수갑을 채우며 이렇게 말했다.

"널 심판하는 건 내가 아니야. 법이 널 심판한다."

그 장면을 본 노빈손은 씨익 웃었다.

"역시 엘리엇은 훌륭한 연방요원이라니까."

그렇게 '체포할 수 없는 사나이' 알까보이네는 엘리엇의 손에 검거되었다.

1933년 3월 4일.

그날은 악이 지고 새로운 희망이 떠오른 날이었다. 알까보이네는 유죄 판결을 받고 교도소로 보내졌으며, 라디오에서는 전체 48개 주 중 46개 주의 지지를 확보하여 압도적으로 대통령에 당선된 루스벨트의 연설이 흘러나왔다.

"지금은 있는 그대로의 진실을 말해야 할 때입니다. 현재 이 나라가 직면한 상황을 피해서는 안 됩니다. 미국은 지금까지 그래왔듯이 참아 낼 것이고, 소생할 것이며 번영할 것입니다. 우리가 두려워할 것은 오직 두려움 그 자체입니다."

역사에 남을 명연설이었다. 감격스러운 표정을 짓던 노빈손은 누군가가 등을 툭 치는 손길에 뒤를 돌아보았다. 알까보이네 검거 이후, 억지로 동여맨 상처가 터져서 병원 신세를 졌다가 막 퇴원한 엘리엇이 서 있었다. 엘리엇은 흠흠 헛기침을 한 후에 이렇게 말했다.

미란다의 원칙

경찰이나 검찰이 범죄 피의자를 체포할 때는 혐의 사실과 체포 이유, 변호인을 선임할 수 있는 권리, 진술을 거부할 수 있는 권리 등이 있음을 미리 알려 주어야 한다는 원칙이다. 1963년 애리조나 주 경찰과 에르네스토 미란다라는 미국인 사이에서 벌어진 재판으로 생겨났다. 이 미란다의 원칙을 고지하지 않은 채 범죄 피의자를 체포하면 부당한 것으로 간주된다. 하지만 엘리엇이 활동하던 시절에는 아직 그런 규칙이 없었다.

"노빈손, 네 덕에 알까보이네를 잡을 수 있었어. 고맙다."

"네? 뭐라고요?"

노빈손은 얼떨떨한 표정으로 엘리엇을 바라보았다. 절대 엘리엇 입에서 나올 수 없는 말을 방금 들은 것 같았기 때문이었다. 그러자 엘리엇은 인상을 찡그리더니 쑥스러운 듯 시선을 위로 했다.

"귀지 좀 파고 살아라. 날씨가 정말 좋다고 했다."

"와, 정말 그러네요."

노빈손도 하늘을 올려다보았다. 엘리엇의 말대로 참으로 화창한 날씨였다.

'이제 대공황이라는 먹구름도 물러가겠지…….'

노빈손은 그렇게 생각하며 기분 좋은 미소를 지었다.

대공황은 대체 왜 일어났을까?

대공황은 영어로 'The great depression', 즉 '거대한 우울'이라고 불려. 실제로 1929년 시작된 대공황은 미국 전역을 끝없는 우울과 고통에 빠뜨렸단다. 그렇다면 이 대공황은 대체 무엇이며 왜 일어난 걸까? 그 궁금증을 프랭클린 루스벨트와 함께 풀어 보자!

안녕하세요, 루스벨트 님. 먼저 '대공황'이란 무엇인가에 대해 친절한 설명 부탁드립니다.

경제가 크게 침체함에 따라 산업 활동이 줄어들면서 물가가 떨어지고, 실업률이 높아지는 것을 '경제 공황'이라고 한다네. 대공황은 미국 역사상 가장 큰 규모의 경제 공황이었지. 대공황으로 인해 미국 노동 인구의 4분의 1이 일자리를 잃고, 은행도 500군데나 파산했어. 그 때문에 사람들의 예금이 증발했고, 은행 대출을 받지 못하게 된 기업과 공장도 줄줄이 도산했나네. 이 대공황은 1929년부터 약 10년 동안이나 지속되었어.

으아, 정말 끔찍한 시기였네요. 그럼 대공황이 일어난 이유는 뭔가요?

대공황은 아주 복합적인 이유로 일어났다네.

1920년대에는 기계와 기술이 발달하면서 더 많은 생산이 가능해졌어. 그래서 공장들은 예전보다 훨씬 많은 물건을 찍어 내기 시작했고, 실제로 경기가 좋을 때는 이 물건들이 날개 돋친 듯 팔려 나갔지.

하지만 이미 자동차를 가진 사람들이 또 자동차를 여러 대 사진 않을 것 아닌가? 그 때문에 점차 공장에는 사람들에게 팔지 못한 물건들이 쌓여만 갔지.

그런데도 시장 상황이 계속 좋을 거라고 생각한 회사 경영진들은, 회사의 소유권 중 일부를 주식으로 팔았어. 주식을 산 사람들은 회사가 성장할 때마다 많은 이익을 얻을 수 있었지. 급기야 1920년대에 주식 시장이 급격히 커지면서, 빚을 내면서까지 주식을 사는 사람들이

많아졌다네. 하지만 사람들은 부자가 될 꿈에 부푼 나머지, 주식은 실제로 갖고 있는 재산이 아니라 금액을 표시한 종이에 지나지 않는다는 걸 잊고 있었던 거야. 시장 상황이 나빠지고 돈으로 물건을 살 수 없게 되면, 주식 같은 건 그냥 숫자가 적힌 휴지 조각에 불과한데 말이야.

마침내 경기가 나빠지자, 주식시장은 폭락했고 주식에 전 재산을 투자했던 사람들은 하루아침에 빈털터리가 되었다네. 뿐만 아니라 무분별한 투기와 외상, 빚도 대공황을 일으킨 큰 이유였지.

그렇다면 이 경제대공황은 도시만의 문제였나요?

물론 아닐세. 사실 대공황이 터지기 이전부터 농촌은 떨어지는 농산물 가격 때문에 큰 고통을 겪고 있었어. 1차 세계대전에 미국이 참전하면서, 미국은 식량이 모자라는 유럽 사람들을 위해 엄청난 양의 농작물을 생산했다네. 하지만 전쟁이 끝난 후에도 농산물의 생산량은 줄어들지 않았고 따라서 농산물 가격이 대대적으로 폭락했지. 즉, 도시의 공장에 물건이 남아돌았다면, 농촌의 창고에는 곡식이 남아돌고 있는 상태였던 거야.

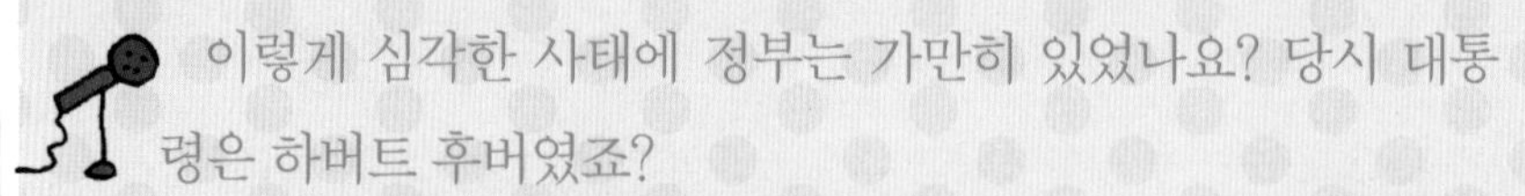

이렇게 심각한 사태에 정부는 가만히 있었나요? 당시 대통령은 하버트 후버였죠?

그래. 대공황은 후버 대통령의 잘못은 아니었어. 그 이전부터 쌓여 온 요소들이 그가 집권했을 때 터져 나온 것뿐이지. 하지만 후버는 사람들을 가난에서 구출해 내는 것은 정부가 할 일이 아니라고 생각했어. 그래서 시간이 지나면 경제가 다시 회복될 거라고 믿고 별다른 구호 정책을 내놓지 않았지. 후에 사태가 심각해지자, 그도 결국 댐 건설과 같은 공공산업을 벌이고 은행과 기업에 돈을 빌려 주었지만 때는 이미 늦었지. 게다가 보너스 군대 사건까지 터지면서 후버 대통령은 완전히 민심을 잃었다네.

보너스 군대 사건이요? 그게 뭔데요?

1924년, 미국 의회는 '1차 세계대전에 참전했던 퇴역 군인들에게 1945년부터 1인당 1,000달러의 보너스를 지급한다'는 법을 통과시켰다네. 하지만 대공황이 터져 생계가 어려워지자, 퇴역군인들은 1945년까지 기다릴 수 없으니 보너스를 빨리 지급해 달라고 요구했지. 정부가 이 요청을 거부하자, 2만 5천 명의 퇴역 군인들이 수도인 워싱턴을 향해 진군했어. 사람들은 이들을 '보너스 군대'라 불렀다네. 그들은 대공황 때문에 집도 재산도 모두 잃은 빈털터리 방랑자 신세였지. 하지만 후버 대통령은 이들의 요구를 묵살하고, 군대를 동원하여 그들을 잔인하게 진압했어.

그 덕에 후버라는 이름은 잔혹함과 궁핍함의 상징이 되었다네. 무주

택자들이 모여 사는 곳을 '후버촌'이라 불렀고, 발바닥에 구멍이 난 신발을 '후버 신발'이라고 부를 정도였으니 말이야.

으아, 루스벨트 님의 설명을 들으니 대공황 시절의 미국은 야구 9회 말의 투아웃 같은 절체절명의 위기였다는 게 느껴지네요. 그 암담한 상황에서 구원 투수로 등장하신 루스벨트 님의 활약은 이 뒤에서 다시 다뤄 보기로 하죠.

나와 닮은 대통령을 찾아라!

미국에선 1대 조지 워싱턴부터 44대 대통령인 버락 오바마에 이르기까지 다양한 스타일의 대통령이 나왔어. 각 대통령들은 성격도, 좋아하는 것도, 약점도 다 가지각색이었지. 그럼 자신이 어떤 대통령과 닮았는지 함께 알아볼까?

토머스 제퍼슨

토머스 제퍼슨은 미국의 3대 대통령이야. 부유한 집안에서 태어난 제퍼슨은 다양한 분야에 관심이 많았어. 변호사로 활동했지만, 동시에 뛰어난 음악가이자 교육가, 발명가, 건축가이기도 했지. 외국어를 일곱 개나 말할 줄 알았고, 버지니아 대학교를 설립했으며, 자신의 집도 직접 지었거든. 또 '미국독립선언문'을 쓸 정도로 뛰어난 문필가였지.

대통령에 당선된 후에는 여러 악습들을 폐지하고 개인의 자유를 보호하는 데 힘썼어. 정부가 지나친 권력을 독점하기보다는 각 개인의 나는 어느 대통령과 비슷할까?

시작 ⬇

YES ➡ 아래로
NO ➡ 오른쪽으로 이동

무엇보다 소중한 것은 개인의 자유라고 생각한다	친구들에게 별명으로 불린다	썰렁한 농담으로 남들을 얼린 적이 많다	미남(미녀)이라는 소리를 열 번 이상 들어 봤다 NO → ①
다재다능하다는 소리를 듣는다	체력을 단련하거나 운동하는 것이 좋다	살면서 다양한 직업을 가져 보고 싶다	외국어를 구사할 줄 안다 NO → ①
남들 앞에 서는 것이 떨리고 수줍다	모든 일을 거침없이 추진한다	인생은 칠전팔기! 실패에 굴하지 않는다	패션 센스가 뛰어나다 NO → ②
나중에 내 집은 내 손으로 짓고 싶다	어릴 때 심한 병을 앓은 적이 있다	가족 사랑이 지극하다	어린아이들에게 인기가 많다 NO → ③
글 쓰는 일은 자신 있다	전쟁이 난다면 나라를 위해서 기꺼이 참전하겠다	외모 콤플렉스가 있다	아버지의 기대를 많이 받는다
① 토머스 제퍼슨	**② 시어도어 루스벨트**	**③ 에이브러햄 링컨**	**④ 존 F. 케네디**

권리가 지켜져야 한다고 생각했지. 하지만 수줍음이 많아서, 대중 앞에 서서 연설하는 것은 꺼려했다고 해.

에이브러햄 링컨

우리에게 너무나도 잘 알려진 링컨은 미국의 16대 대통령이야. 가난한 집안에서 태어난 링컨은 독학으로 읽고 쓰는 것을 배웠지. 그는 가게 점원, 우체국 직원, 프로레슬러, 변호사 등 다양한 직업을 거친 후에 정치를 시작했어. 하지만 그는 선거에서 일곱 번이나 낙선했단다. 많이 배우지도 못했고, 멀대같이 큰 키에 볼품없는 얼굴을 가지고 있었던 탓에 사람들에게 호감을 사지 못했거든. 하지만 실패에 굴하지 않고 계속 도전한 끝에 결국 1860년 대통령에 당선되지.

노예제 폐지론자였던 링컨은 남북전쟁을 승리로 이끌고, 분열될 뻔했던 국가를 다시 하나로 통합시키는 업적을 세웠어. 그는 연설에 능했고 농담을 좋아했는데 가끔은 너무 썰렁한 이야기를 해서 주변 사람들을 얼게 만들었다고 해. 또 가족, 특히 아내에 대한 사랑이 지극한 공처가이기도 했어.

시어도어 루스벨트

시어도어 루스벨트는 미국의 26대 대통령이야. 어, 프랭클린 루스벨트와 성이 똑같다고? 맞아, 시어도어 루스벨트는 프랭클린 루스벨트의 친척이야. 루스벨트 가문에

서 대통령이 2명이나 나온 거지.

어릴 때부터 천식으로 고생했던 시어도어 루스벨트는 병을 극복하기 위해 체력 단련에 힘썼어. 덕분에 나중에는 각종 스포츠에 능해졌고, 1898년에는 스페인과의 전쟁에 참여해서 전쟁 영웅이 되었지.

1901년, 42세의 시어도어 루스벨트는 미국의 최연소 대통령이 돼. 도전적이고 거침없는 성격이었던 그는 '셔먼 독점 금지법'이라는 법을 만들어서 당시 막강한 권력을 휘두르고 있었던 대기업의 횡포를 막았어. 또 그는 국민들에게 '테디'라는 별명으로 불렸는데, 잘 알려진 곰 인형 '테디 베어'도 여기에서 나온 거야.

존 F. 케네디

암살당한 비운의 대통령으로 기억되는 존 F. 케네디는 미국의 35대 대통령이야. 케네디는 1960년에 대통령 선거에 출마하게 되는데, 이때 케네디의 당선에 가장 결정적인 영향을 미친 것이 바로 TV 토론이었어. TV 토론 이전에는 반대편 후보였던 닉슨이 유리할 것으로 생각되었지만, TV 토론에서 케네디가 조리 있는 말솜씨와 젊고 호감 가는 인상을 뽐내자 여론이 급속도로 케네디에게로 기울었거든. 잘생긴 얼굴에 뛰어난 패션 센스, 거기에 훌륭한 외국어 실력까지 갖춘 케네디는 대통령이 된 이후에도 국민들의 관심과 사랑을 한몸에 받았어. 특히 어린이들이 그를 좋아해서 백악관으로 수만 통의 편지가 배달될 정도였단다. 하지만 그는 사회에 불만을 품은 오스월드의 총에 맞고서 1963년에 비극적으로 생을 마감하고 말지.

그 뒤의 이야기

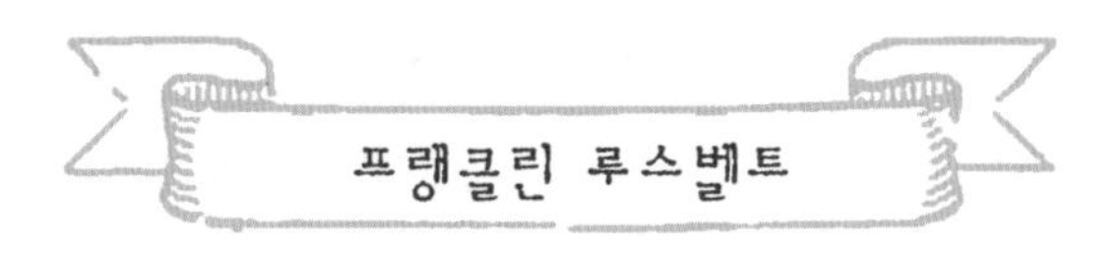

국민들의 열렬한 지지 속에 12년 동안 무려 네 번이나 대통령을 맡게 된다. 그사이에 경제 대공황과 2차 세계대전이라는 굵직한 사건이 두 개나 터져 눈코 뜰 새 없이 바빴다. 결국 루스벨트는 수렁에 빠진 미국 경제를 살려 내고 세계대전을 승리로 이끄는 데 성공한다. 그는 지금도 링컨과 더불어 미국인들에게 가장 인기 있는 대통령이다.

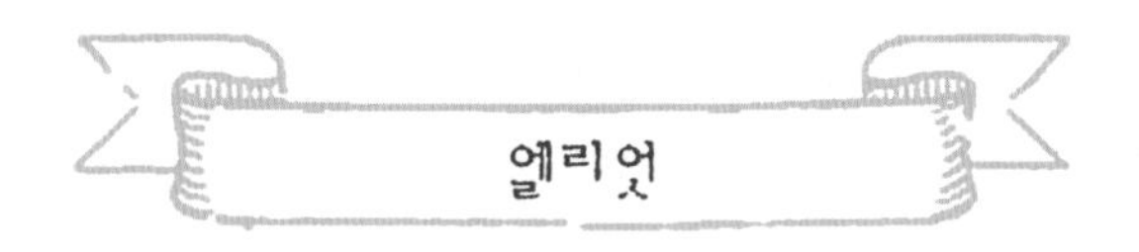

알까보이네 체포 후, 엘리엇은 미국 전역에서 '범죄와의 전쟁'을 벌이다가 명예롭게 은퇴한다. 은퇴 후에는 쿠키 굽기 교실에 등록하지만, 오븐을 폭파시키는 바람에 사흘 만에 수업에서 쫓겨난다. 훗날 엘리엇은 알까보이네의 체포 과정을 담은 책을 쓴다.

엘리엇은 이 책 서문에 '나의 친구 노빈손에게'라는 문구를 적다가 그리움에 젖어 어울리지 않게 눈물을 뚝뚝 흘렸다.

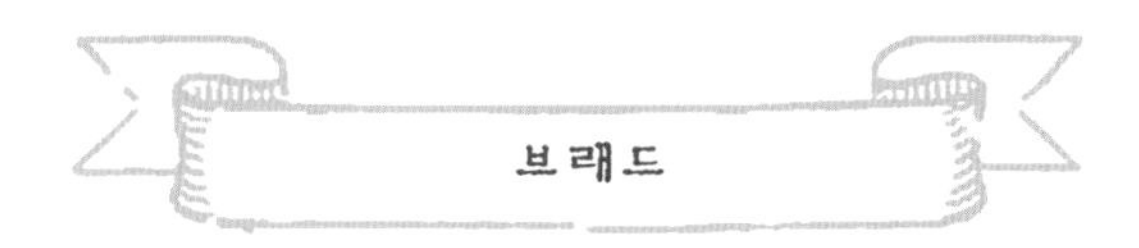

할리우드로 간 브래드는 아역 배우로 활약하며 나날이 미남으로 자란다. 성인이 되자 영화 〈위대한 캐츠비〉에서 캐츠비 역을 맡아 일약 스타로 떠오른다. 브래드의 인기 덕에 '구레나룻을 쑥쑥 길러 주는 발모제'가 불티나게 팔렸다. 하지만 배역을 위해 구레나룻을 포함한 머리카락 전체를 빡빡 미는 충격적인 연기 변신을 보여 주기도 했다. 이때 브래드는 기자와의 인터뷰에서 '이제야 노빈손의 기분을 이해할 것 같다'라는 아리송한 말을 남겨 화제가 되었다.

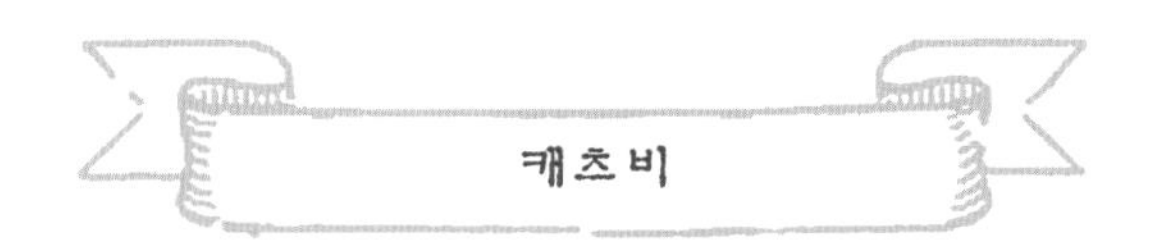

고향으로 돌아간 캐츠비는 농사를 지으며 소일거리로 '캐츠비의 연애상담소'를 열었다. 사랑의 열병에 시달리는 수많은 청춘남녀들이 이 상담소를 거쳐 갔다. 하지만 상담 받으러 왔다가 되려 캐츠비에게 반해 상사병을 얻은 동네 처녀들이 더 많다는 것은 공공연한 비밀이다.

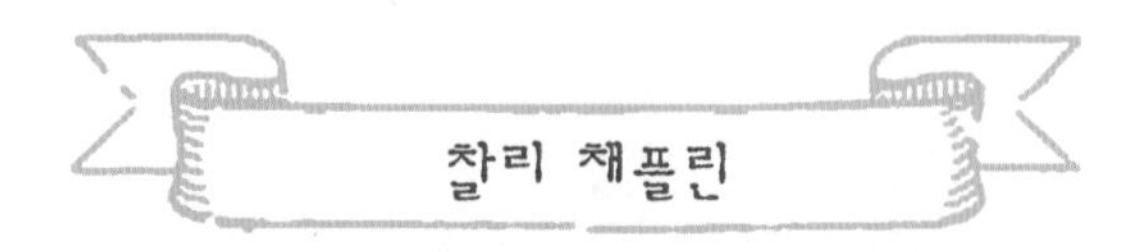

1933년, 채플린은 자신의 마지막 무성 영화인 〈시티 라이트〉를 찍는다. 그 후로는 〈위대한 독재자〉 〈살인광 시대〉 등 걸작 유성 영화들을 남긴다. 배우, 감독, 편집자, 작가, 음악 감독을 겸하며 영화의 안과 밖을 종횡무진하던 그는 '연기는 머리가 아니라 가슴으로 하는 것이다' 라는 자신의 말에 충실한 삶을 살다가 88세의 나이로 눈을 감았다.

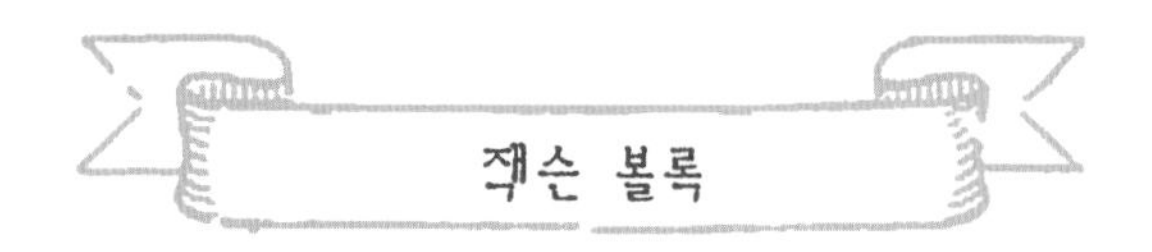

액션페인팅 기법에 푹 빠진 잭슨 볼록은 뉴욕에서 활약하다 뉴딜 정책의 일환이었던 '공공사업 진흥국 연방미술 계획'에 참여한다. 이후에는 뉴욕을 떠나 평화로운 롱아일랜드로 이주하여 획기적인 드리핑 기법들을 시도했다.

덕분에 그의 작업장에는 '개 조심' 대신 '물감 조심'이란 팻말이 걸려 있었다. 춤을 추듯 물감을 흩뿌리는 볼록 덕에 손님들이 물감 세례를 맞기 일쑤였던 탓이다.

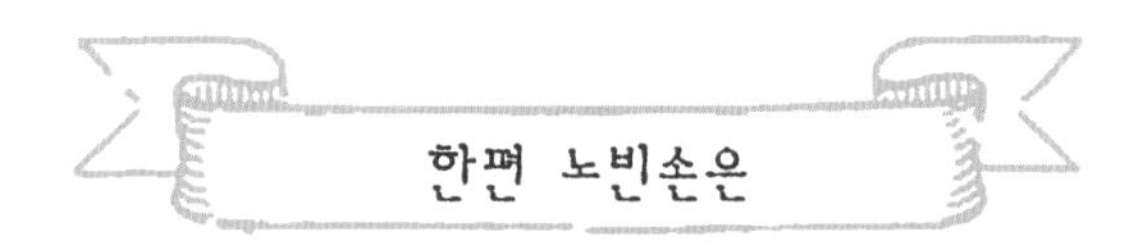

다시 현대로 돌아간 노빈손은 시카고와 뉴욕을 바쁘게 관광한다. 분주하게 돌아다니고, 신나게 먹고, 말숙이 선물까지 사다 보니 남은 돈은 딱 10센트뿐. 노빈손은 프랭클린 루스벨트의 초상화가 새겨져 있는 10센트 동전을 꽉 쥐고 한국으로 돌아온다. 그러고는 가끔 그 동전을 꺼내 보며 근대 미국에서 만났던 사람들과 모험을 그리며 추억에 젖는다.

뉴딜과 루스벨트

1933년 대통령에 당선된 루스벨트는, 미국이 대공황에서 벗어나려면 정부의 적극적인 개입이 필수라고 생각했어. 그래서 대통령에 취임한 후 국민들을 위한 새로운 정책, 즉 뉴딜 정책들을 내놓고 시행했지.

그럼 루스벨트의 '뉴딜' 노트에 무엇이 쓰여 있었는지 슬쩍 훔쳐볼까?

1. **사회보장법의 마련** 은퇴한 사람들에게는 연금을, 실업자에게는 실업수당을 주는 복지 정책을 펼친다.
2. **연방 예금 보험 공사**(FDIC) 은행이 파산하더라도 예금한 사람의 저축을 보상해 주는 기관을 설립한다.
3. **공공사업 진흥국**(WPA) 고속도로·건물·교량·댐·터널 등을 건설하여 사람들에게 일자리를 제공하고, 예술 사업에도 투자하여 수천 명의 화가·음악가·작가들을 육성한다.

뉴딜 정책은 약 400만 명의 일자리를 만드는 데 성공했어. 또 루스벨트는 노변담화를 통해 뉴딜과 각종 경제 정책에 대해 설명하면서 경기 회복에 대한 희망을 끊임없이 국민들에게 심어 주었지.

루스벨트의 정책은 미국을 완전히 바꾸어 놓았단다. 뉴딜 이전까지, 미국 국민들은 정부의 간섭을 받지 않은 채 개인의 자유를 누리는 것을 무엇보다 소중히 생각했어. 하지만 대공황을 겪은 후로는 개개인의 삶과 행복에 대해서도 정부가 책임을 져야 한다고 생각하게 되었지.

하지만 뉴딜만으로 미국이 대공황을 벗어난 것은 아니야. 대공황을 완전히 끝내고 미국을 구해 낸 것은, 불행히도 1939년에 터진 2차 세계대전이었단다.

전쟁이 어떻게 대공황에서 나라를 구할 수 있냐고? 지금부터 그걸 설명해 줄게.

2차 세계대전과 미국

1차 세계대전에서 패한 독일은 엄청난 전쟁배상금을 물게 되었어. 이미 패전으로 경제가 파탄된 상황에서, 독일 국민들은 배상금을 갚느라 끝없는 가난에 허덕여야 했지.

이때 희망을 잃고 고통 속에 살아가고 있던 독일 국민들 앞에 나타난 인물이 바로 히틀러야. 강력한 독재정권을 바탕으로 부자 나라를 만들겠다고 약속한 히틀러는 국민들의 지지 속에 정권을 잡고, 여러 국가들을 침략하기 시작해. 여기에 이탈리아와 일본이 가세하면서 1939년에 2차 세계대전의 서막이 열리지.

처음 2차 세계대전이 발발했을 때, 미국은 참전하는 것을 꺼렸어. 1차 세계대전의 참상을 겪은 미국인들은 더 이상 다른 나라의 전쟁에

끼어들고 싶지 않았거든. 하지만 1941년, 일본이 미국 영토인 하와이의 진주만을 공격하자 결국 미국은 일본에 전쟁을 선포했어. 그리고 본격적으로 2차 세계대전에 참전하게 되었지.

2차 세계대전은 전 세계에서 6천만 명 이상이 사망한 끔찍한 전쟁이었어. 미군 역시 약 30만 명이 사망하고 70만 명이 부상을 입었지. 하지만 미국의 경제는 2차 세계대전으로 인해 다시 살아났단다. 전쟁을 위해 항공기, 탱크, 선박을 잔뜩 만드느라 일자리가 늘어났고, 전쟁 무기를 팔아서 엄청난 돈을 벌었거든. 사람을 죽이는 전쟁 무기 판매로 자기네 경제를 살렸다는 사실이 끔찍하긴 하지만 말이야.

그럼 오늘날의 미국은?

현재 미국은 정치, 경제, 문화, 사회, 군사 등 모든 면에서 최강대국이야. 유럽의 선진국들이 아기를 많이 낳지 않게 되면서 인구가 줄고 있는 것에 비해, 이민자들의 나라인 미국 인구는 꾸준히 늘고 있지. 또 넓은 영토에서 나는 금, 철광, 우라늄, 석유와 같은 천연자원도 풍부해.

21세기에 들어서 9 · 11 테러, 중동 국가와의 갈등, 인종 문제와 같은 여러 난관에 부딪치고 있지만 여전히 국제 사회에서 미국의 위상은 높아. 2009년에는 버락 오바마가 미국 최초의 흑인 대통령으로 뽑히면서 미국 사회의 긍정적인 변화를 예고하기도 했지.